JN204961

大坂オナラ草紙

谷口雅美
画　イシヤマアズサ

講談社

大坂オナラ草紙

目次

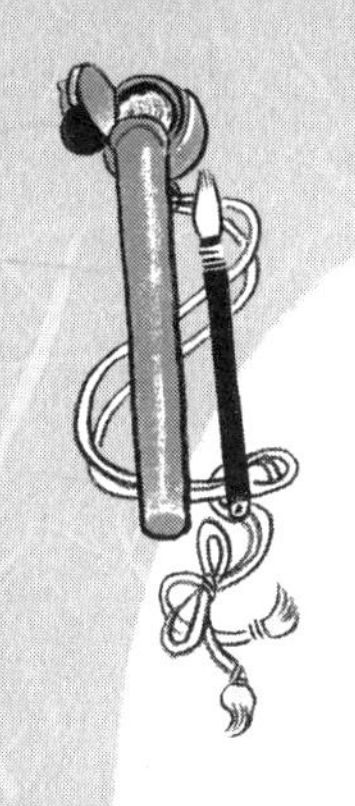

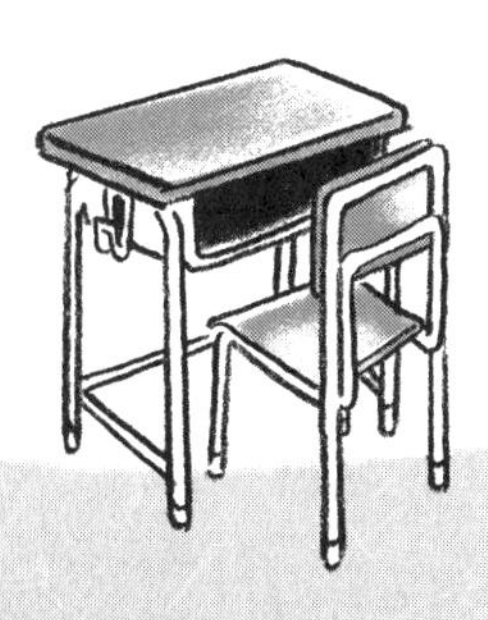

装画・さし絵　イシヤマアズサ

装丁　bookwall（築地亜希乃）

1 タネもしかけもないノート

その日、給食で大学イモが出た。

冷めてもおいしい大学イモはぼくの大好物で、五年二組でも人気メニューだ。おかわりのジャンケンには、クラスの男子のほとんどが参加する。

「緒方くんもどう?」と斎藤先生が声をかけてくれたけど、ぼくは首をふった。「安かったから。」とお母さんがサツマイモを大量に買ってきて、最近うちのおかずはイモ料理ばっかり。大学イモは好きだけど、サツマイモにはちょっと飽きてきたから。

ジャンケンの輪に入る勇気がないからじゃない。……多分。

それにジャンケンしたって勝てっこないだろうなぁ。こういうので勝ったためしがない。商店街のガラガラ抽選会は残念賞のティッシュ。初詣でおみくじを引いたら、末吉か小吉。

本当にぼくは運がない。

ああ、でも、友だちと気まずくなった時期に転校できたんだから、運がよかった、のかも？

大学イモ争奪戦をチラチラ見ながら食べていたせいか、給食が終わっても、その次の体育の授業が終わっても、サツマイモが胸のあたりにつまっているような感じがする。

胸のあたりを手のひらでたたきながら着かえにもどろうとしていたら、斎藤先生によびとめられた。

「緒方くん。放課後、少し残ってくれへん？　話があるから。」

先生の『話』は想像がつく。「転校してきて二週間になるんやから、クラスのみんなと積極的にかかわりなさい。」だろうなぁ。

ぼくは大阪府の堺市から、大阪市内の小学校に転校してきた。同じ大阪府だから、言葉や習慣が大きくちがうわけじゃない。クラスメイトだって、海外や北海道、東京からの転校生ほどは期待していなかった、と思う。しかも、背は高くもなく低くもない、顔だってカッコよくもなく、ブサイクでもない。ごくごくふつうの男子。

それでも「転校生」というのは注目の的。なのに、ぼくは最初から失敗した。

斎藤先生に「自己紹介してね。」とうながされたときに、「堺から引っこしてきました。」

としか言わなかったのだ。ふつうなら、好きなゲームやマンガ、得意なスポーツなどが続くはずなのに。

教室が少しざわついたけど、ぼくはだまったままでいた。

だって、しょうがない。大好きだった、絵を描くことをやめちゃったんだから。「好きなことも得意なものもありません。」と正直に言うほうが恥ずかしかった。

クラスじゅうに微妙な空気が流れかけたとき、斎藤先生が「緒方くんのおうちは丹羽歯科医院です。引退した丹羽先生のお孫さんよ。丹羽先生に治療してもろた人もいるよね？」と言ってくれた。

「私、小さいころに通ってた！」「じいちゃん先生、おもろかったよなぁ。」「治療がこわいーって泣いたら、笑かしてくれて――。」

クラスメイトたちがおじいちゃんの話でもりあがっている間に、ぼくは廊下側の列のいちばんうしろ、空いている席に着いた。

そんなふうに、スタートがイマイチだったわりにはいじめられることもなく、グループ学習のときは先生がさりげなく、人数が足りないグループに加えてくれたから、何もこまらなかった。

お姉ちゃんが「好きの反対は、嫌いではなく無関心。」と言っていたけど、そのとおりかもしれない。ぼくは新しい学校にも新しいクラスメイトにも無関心だった。もちろん、クラスメイトのほうも。

卒業までの一年半、このままでいいや、と思っていた。でも、担任の斎藤先生としてはそうもいかないんだろう。

あーあ……イヤやなぁ……めんどくさいなぁ……。どっか——だれも知らんところに行きたいなぁ……。

ぼくはため息をついた。

放課後、ぼくは教室で一人、斎藤先生が来るのを待っていた。

六月になったばかりの教室はまだ冷房が入っていなくて、ちょっと蒸し暑い。窓を開けると、気持ちのいい風が入ってきたけど、運動部の「ファイトー!」「オー!」というかけ声が近づいてきたから、あわてて窓を閉めた。

「もうちょっとがんばってクラスに溶けこんで。」と言われてる最中に、「ファイトー!」なんて声がかかったら、ピッタリすぎてなんかイヤだ。

席にもどったところで、斎藤先生が入ってきた。女子を一人連れて。先生以外にだれか来るなんて、聞いてない。

「緒方くん、お待たせ。——倉田さんもすわって。」

倉田みちるはぼくの前の席からイスを引きだすと、むかいあわせになるようにすわった。あごのあたりで切りそろえられた髪、切れ長の目。日本人形みたいな子にまっすぐ見つめられて、ぼくはドギマギした。

キレイな子だと思う。クラスでいちばん勉強もできる。

でも、だれに対してもハキハキとものを言う、勝ち気なところがちょっとけむたがられていて、休み時間は一人でいることが多い。

どうして先生はこの子を連れてきたんだろう？　と思っていたら、倉田みちるが前置きもなしに、「緒方くん。学級新聞係、いっしょにやらへん？」と言いだした。

おどろいて斎藤先生を見ると、ウンウンうなずいている。

「倉田さん、学級新聞係なんや……。」

「みちるでええよ。えーっと緒方くんの下の名前は……。」

「緒方くん、でいいです。」とぼくはあわてて言った。女子から突然、下の名前でよばれたら、クラスメイトに変に思われる。

「緒方くん、うちの学級新聞、どうやった？」

「どうって……。」

二か月に一度発行されている学級新聞は、転校してきた日にもらった。音楽の教科書の倍のサイズで、裏まで手書きの文字がビッチリと書きこまれている。先週も最新号が配られたけど、読まずにすぐランドセルにつっこんだ。まわりの子もそうしていた。

だって――読む気になれなかったんだ。校長先生やＰＴＡ会長さんのインタビューなんて、おもしろくないと思う。

作った本人にそんなことは言えない。口ごもっていると、「で、どう？　学級新聞係。」と切れ長の目がぼくの顔をのぞきこんでくる。ドキッとして思わず、イスを少しうしろに引いてしまった。

こんな子と同じ係になれたらうれしいけど、恥ずかしくてあまり話せないかも。それに、ぼくが断らないと決めつけているみたいで、それはちょっとシャクだった。

なのに、先生まで「緒方くんはなんの係にもなってへんし、クラブにも入ってへんでしょう？　やってみたら？」とみちるの味方だ。

「ぼく、初めての人と話すん苦手なんです。インタビューなんて無理です。」

「大丈夫よ。」と先生はニコニコしながら言う。

「田上くんと小山田くん、宮原さんも新聞係やからね。苦手なことはみんなで分担したらええのよ。」

「嫌やったらやらんでええけど。」

みちるのすねたような言い方に、ぼくはムッとした。

「嫌なんて言うてへんやん。」

そう言ったとたん、みちるがニッコリと笑った。あ、この子、笑ったほうがずっといい感じ。

笑いかえそうとしたら、みちるが立ちあがった。

「ほんなら、これからよろしくね。あさっての放課後、ミーティングやるから残って！」

「え？」

「よかったね、倉田さん。緒方くん、がんばって！」

嫌とは言ってない、と言っただけで新聞係になってしまっていた。みちるも先生もめちゃくちゃ強引だ。

塾があるから、と、みちるが教室を出ていった後で、斎藤先生が声をひそめて言う。

「緒方くん、引きうけてくれてありがとうね。倉田さん、めっちゃまじめなんやけどねぇ。」

けど……？　けど、なに？

聞こうと思ったのに、先生は黒板の横にかかっている時計を見てあわてて立ちあがった。

「あ、職員会議に遅れる！　ほんなら気ぃつけて帰りね。」

めんどうなことを引きうけちゃったなぁ……。

ぼくはため息をつきながら校門を出た。


ぼくの家は、学校から歩いて数分。住宅街のどまん中にある古い歯科医院だけど、何年か前にぬりなおした外壁は、明るいクリーム色だ。

ママチャリが二台停まっている『丹羽歯科医院』と書かれた自動ドアの前を通りすぎ、ぼくは裏へ回った。『緒方歯科医院』ではないのは、引退した母方のおじいちゃんの病院を、お父さんがそのまま使っているから。看板やドアに書かれた名前を変えるのは、けっこうお金がかかるらしい。

「ただいまー。」

暗い声で自宅側のドアを開けたとたん、甘い香りがした。

お母さんがお菓子を焼いてる！

ぼくは急に元気になった。お母さんの作るお菓子は、お店を出せるんじゃないかと思うぐらいおいしい。

いそいで手洗いとうがいをすませて台所へ行くと、テーブルの上には焼きたてのカップケーキが十個ならんでいた。

「おかえり、平太。学校どうやった？」

洗い物をしながら、お母さんがふりかえる。

「ふつう……。ね、ケーキ、食べてもええ？」

「ええよぉ。」

のばしかけた手を、ぼくはすぐに引っこめた。

だって、カップケーキの上にのっていたのは――赤い皮のついたサツマイモの輪切り！

いつもは表面がシロップでツヤツヤ光っているのを見るだけでうれしくなるけど、給食で大学イモを食べたぼくは、またサツマイモかぁ、とうんざりした。

「今日、留美さんが遊びにきてね、サツマイモのカップケーキが食べたいってリクエストしてくれたから。」

留美さんは、お母さんのおさななじみだ。引っこしてまたご近所さんになったから、よく遊びにきている。

「どうしたの？　食べへんの？」

「給食にもサツマイモが出てんもん。」

「給食はカップケーキやないでしょ？　それに、サツマイモは食物繊維と。」

「ビタミンCも豊富、でしょ。もう聞きあきたよ。それに……アレが出るし。」

アレ、とごまかしたのに、お母さんはズバッと「ああ、オナラ？　そんな簡単に出ないわよ。」と笑った。

出るよ、とぼくは口をとがらせた。がまんできずにやっちゃったら、お母さんもお姉ちゃんも「人のいるところでするなんてマナー違反！」「トイレに行くか、だれもいないところに行きなさい！」ってめちゃくちゃ怒るくせに。

牛乳をコップに注ぎ、カップケーキをもしゃもしゃ食べる。サツマイモは、ケーキの上だけでなく、中にもゴロゴロ入っていた。のどがつまりそうになったけど、やっぱりおいしかったから、二つも食べてしまった。

「平太。これ、学校のお友だちに持っていったら？」

カップケーキを一つずつアルミホイルで包みながら、お母さんが言う。

「……ううん、いらん。」

まだ友だちでけへんの？　と心配される前にいそいで話を変える。

「今日は患者さん、来てたね。」

お母さんは「そうなんよ！」と大きくうなずいた。

「お父さん、腕は確かやからね。それがわかってもらえたんとちがうかな。」

お父さんは無口だ。よくしゃべり、患者さんを笑わせていた豪快なおじいちゃんとは大ちがい。そっけなく見えるから、長年通っていた常連さんたちが少しはなれてしまった。

「お、うまそうな匂いやなぁ。」と、おじいちゃんが入ってきた。

「おじいちゃんもどうぞ。」

お母さんが手早くおじいちゃんの湯のみにお茶をいれる。

おじいちゃんは大きな口にカップケーキを放りこみ、ムシャムシャと食べると、熱いお茶をゴクゴクと豪快に飲みほした。

すごい。ぼくはまだふぅふぅ冷ましながら飲んでるのに。熱くないのかな？

目を丸くしていると、おじいちゃんは急にしょぼくれた顔でため息をついた。

「平太。おじいちゃん、まだ腰が痛ぁてな。」

いつも姿勢のいいおじいちゃんなのに、背中が丸まって小さく見える。腰、そんなに痛いんだ。ぼくはあわてて立ちあがった。

「え、大丈夫？　腰、おしたほうがいい？　それともしっぷ貼る？」

「平太は優しいなぁ。う、涙が……。」

目の下を指でふいた後、おじいちゃんは「そんな優しいんやから、納戸を片づけるん手伝ぅてくれるよな？」と言った。

おじいちゃんの寝室と納戸は今、物であふれている。

「う、うん、ええよ。」

そのとたん、おじいちゃんはシャキッと腰をのばした。よく見ると、涙のあとなんてない。

「よっしゃ、ほんなら待ってるでぇ。」

おじいちゃんは元気よく台所から出ていってしまった。腰も痛そうじゃないし！

やられたぁ……最初からぼくに手伝わせるつもりだったんだ。おじいちゃんの演技力と強引さはわかっているけど、いつもこんなふうに乗せられてしまう。

牛乳を飲みほして立ちあがったぼくを、お母さんがよびとめた。

「あ、待って、平太！　これ、留美さんからプレゼント。」

手わたされたのは藍色の着物だった。空の青よりも、もっと紺に近いキレイな色だ。

着物はサラサラ、ひんやりした手ざわりで軽い。浴衣かな？　と広げてみると、上下はべつべつになっていた。上は浴衣みたいだけど、下は膝が隠れるぐらいの長さのズボンだ。

「甚平って言うんよ。留美さんのお母さんがぬってくれたんやって。ちょっと着てみなさい。」

甚平はゆったりしていて、動きやすかった。

「写真、留美さんに送るから。ほら、こっち向いて！」

正面、うしろ向き、右向き、左向き。母さんは、携帯電話で何枚も写真を撮る。藍色の甚平が気に入ったぼくは、恥ずかしさをがまんして、言われたとおりに向きを変えた。

「おぅい、平太、まだかぁ。」

おじいちゃんのよぶ声でやっと、写真のモデルから解放される。着がえるのが面倒になったぼくは、甚平を着たまま、納戸へ向かった。

おばあちゃんが死んでから、おじいちゃんは何年も一人ぐらしをしていた。

お父さんが病院を引きつぐことになって、ぼくたちが引っこしてくることが決まったとき、おじいちゃんは趣味で集めていた古道具や古本を、大いそぎで寝室と納戸に移動させたらしい。おじいちゃんの寝室の床には、いくつもの本の山ができていた。

「そのうち片づけるわ。そのうちな。」と言いながら、またどんどん本を買いこんでいたおじいちゃんは、ある夜、トイレに行こうとして、その山の一つにつまずいて派手に転んだ。

救急車をよぶ大さわぎになって以来、お母さんとお姉ちゃんは「早く寝室の本を片づけて!」と毎日おじいちゃんに言っている。家族みんなで本を壁ぎわによせて、ドアとベッドの間の道は確保したけど、高く積まれた本の山がくずれる危険性があった。

寝室の本は納戸に持っていく予定になっている。でも、その納戸はすでに物と本でいっぱい。処分するためには、納戸を先に片づけなければならない。

四畳ほどの納戸をのぞくと、唯一空いているまん中のスペースで、おじいちゃんは巻物を広げていた。小さな窓が一つついているだけのホコリっぽい納戸は何かの「巣」みたいだ。

ぼくは本や物をふまないように中に入った。

「あれを本棚にならべていってくれるか?」と指さされたのは、壁ぎわの大きな机の上に山のように積まれた本や紙の束。

机に近づくと、古い紙の匂いがして鼻がムズムズする。

本の山のいちばん上に、毛筆で『大福帳』と書かれたたて開きの冊子がのっていた。黄ばんでいて、習字に使う半紙の裏みたいにザラザラしている。半紙よりも分厚くてゴワゴワした表紙をめくるとフワッとホコリが舞い、筆で書かれた漢数字が見えた。舞ったホコリでクシャミを連発しながら、それを本棚にならべる。

次に手にしたのは、折りたたまれた細長い紙だった。なんだろう、と紙を開きかけると、

「それは手紙や。」とおじいちゃんが言った。

「え、ほんならええわ。」

たたみなおした紙を本棚にならべると、おじいちゃんは「なんでや。」と不思議そうな顔をした。

「だって……ぼくは自分が書いた手紙、見られたらイヤやもん。」

「そうかぁ？　おじいちゃんが若いころ、おばあちゃんに送ったラブレターは名作やぞ。世界中の人に読んでほしいぐらいやけどなぁ。」

おじいちゃんの言葉を聞きながらがして、手の届くものから順に、本棚にならべていく。紙や

冊子の表紙はどれも毛筆で書かれていて、漢字が多い。こういう古い資料を古文書や古書とかって言うらしい。

ぼくが本棚にならべようとしていた冊子を指さして、おじいちゃんが言う。

「ソレは短くておもろい文を集めた本やで。ひらがなも多いし、ふりがなもふってある。」

「さし絵もあるんやね。ぼくでも読めそう。」

「読めるかもしれんが、おもしろいかどうかはわからんぞ。」

「なんで？」

「昔と今では言葉がかなりちがうんや。ちょっと貸してみ。」とおじいちゃんはぼくから受け取った冊子をペラペラとめくった。

「たとえば……ここに米ふみが出てくる話がある。平太は米ふみって言われてもわからんやろ。」

うなずくと、おじいちゃんがさし絵を見せながら解説してくれた。

ぼくらが食べている白いお米は、機械で精米されたものだ。でも、機械のない昔は玄米のヌカを取るのは重労働だったから、精米屋さんが家に出張してきてくれていたらしい。

玄米のヌカを取る道具を足でふむから、「米ふみ」だそうだ。

食べ物をふんでえぇの？　しかも、仕事なんや！　とおどろいていると、おじいちゃんが本のいちばんうしろを開いた。

「ここに安永二年って書いてあるやろ。一七七三年、江戸時代やな」

「アンエイ……って？」

「昭和や平成みたいな年号や。江戸時代は約四百年前から百五十年前まで、二百六十五年間も続いたんや。これは二百五十年ほど前に出た本やな。同じ日本でも暮らしぶりがぜんぜんちがうやろ。」

「江戸時代かぁ。チョンマゲ頭で刀を腰にさした人が今の日本を見たら、ビックリするよね。」

白いお米がふつうに売ってるし、空まで届きそうなでっかいビルは建ってる。道はほとんどアスファルトやし、車は走ってるし、飛行機も飛んでる。あ、着物やなしに洋服やし！

冊子を本棚にならべながら、別の時代に行けるなら江戸時代がいいな、と思った。戦国時代は終わっているから、それほどあぶなくないだろうし、未来はこうなるんだよって教えてあげたら、有名人になれるかも……。

「平太？　手ぇ、止まってるぞ。」

おじいちゃんに言われて、あわてて片づけにもどる。

次に手にした冊子は、ぼくらが使っているノートと同じ、横開きだ。右端に穴が二つあけられて、黒っぽいひもで固く綴じられている。紙はどれも黄ばんでいて、紙のサイズはマチマチ。紙の厚さがちがうページや、大きすぎて表紙からはみだしたり、半分に折られているページもある。

表紙には何も書かれていない。最初の四ページぐらいに筆で文字が書いてあるだけで、その後は白紙だ。

おじいちゃんがぼくの手元をのぞきこむ。

「同じ字がならんでるし、ていねいやけど筆の運びが硬い感じやから、練習帳やないかな？せやけど、こんなに白紙のページがあるんは変やな。昔、紙はかなり貴重やったんやぞ。」

「火であぶったり、こすったりしたら、文字がうかびあがってきたりして。」

そんなことを話していたら、「あー、やっぱりサボってるぅ。」と声がした。

「あ、お姉ちゃん。」

「瞳子、おかえり。」

ブレザーの制服姿のお姉ちゃんが、腰に手を当てたポーズで「ただいま。」とこたえた。

る。

西宮の私立中学に通うお姉ちゃんは、「学校が近くなった。」と引っこしをいちばん喜んでいる。

「おじいちゃん！　よけいなおしゃべりせんと、ちゃっちゃと片づけを……。」

お姉ちゃんの言葉を最後まで聞かずに、おじいちゃんはパッと立ちあがった。

「そうやな！　おじいちゃん、寝室を片づけてくるわ。平太、ここたのむな。」

そして、おじいちゃんはアタフタと出ていった。

「もう、おじいちゃんは！　すぐ逃げるんやから！」

お姉ちゃんはお母さんそっくりの口調で怒った後、ぼくに「アンタもほどほどにしときね。」と言って、納戸から出ていった。

一人残されたぼくは、さっきの冊子を一枚ずつめくっていった。何かの細工がしてあるのかと、電灯に透かしたり、こすったりしてみても、何もうかびあがってこない。

「やっぱりなんのしかけもないかぁ。」

冊子を本の山に置いたら、ずるっとすべって机のうしろ側にバサッと落ちてしまった。

「あ、しまった。」

破れたりしたら、おじいちゃんが悲しむ。ぼくはあわててイスをどけて机の下にもぐりこんだ。

冊子は、何も書いていないページを開いた形で壁にへばりつくように落ちていた。がんばって手をのばす。

届いた！　と思った瞬間、開いたページが突然、光をはなった。

「え？」

おどろいて手を引っこめようとしたときには遅かった。ぼくはすごい力で冊子の中に引きずりこまれていった――。

2 オナラで御免(ごめん)！

まぶしくて目が開けられない！　強い風がゴーゴー顔にふきつけて、息もできない！

と、風がピタリとやんだ。

おそるおそる目を開けたら、真(ま)っ暗闇(くらやみ)だった。

なんだ、ここ？　と、とまどう暇(ひま)もなく、足元のずっと先の、小さな光に向かってぼくの身体(からだ)は落下しはじめる。

「ぎゃあ！」

必死で手足をバタつかせて、つかまるものをさがしたけど、何もない！

小さい光がどんどん大きくなって――光にぶつかる！　と思ったら、ぼくはドスン、と尻(しり)もちをついていた。

「イテ！」

さけんだけど、思ったほど痛くなかった。お尻から落ちたし、しかも、土の上だったからだ。

え？　土の上……？

ぼくはあわてて立ちあがってまわりを見わたす。

青い空に大きな木――。

な、なんで外にいるの？

「おじいちゃん！」

さけんだとたん、バサバサッと近くの木から鳥が飛びたつ音がして、ぼくは「ひゃあ！」となさけない声をあげた。

はだしの足の裏に、小石があたって痛いのをがまんしながら、もう一度、今度はじっくりまわりを見た。高い建物が一つもない。去年、家族で行ったキャンプ場でも車の音や人の声がしていたのに、ここは鳥の鳴く声しかしない。

「どないしよう……。」

こわくて不安で、大声で泣きそうになったとき、「どないしたん？」と声がした。

人がいた！

ホッとしてふりかえると、色あせた着物を着た女の子が心配そうな顔で近づいてくるところだった。

年はぼくと同じぐらい。やせていて、ショートヘアの髪は真っ黒だけど、毛先がガタガタしてる。

近所でも学校でも見たことがない顔だ。どこの子だろう、と思っていると、「木から落ちたん見えたけど、大丈夫？」と顔をのぞきこまれた。

大きな瞳ときゅっと両側が上がった口がペットショップで見たリスに似ている。色白の肌に真っ黒な瞳がキラキラしていて、ぼくは思わず、ぽーっとなった。この子……カワイイ……！

女の子は「木登りなんて危ないことしたらあかんよ、坊。」と言いながら、ぼくのお尻のあたりについた泥をポンポンと手でたたく。

「坊って……同じぐらいの年やと思うけど。」

ぼくの不満そうな声は彼女には聞こえていなかった。ぼくの甚平に夢中だったからだ。甚平の布地をそっと何度もなでながら、「すごい……初めて見た、こんなええ布……ピカピカでツルツルや！」とうっとりしている。

かわいいのに、けったいな子やなぁ……。

と思っていたら、女の子はハッとしたように甚平から手をはなして、「ごめんなさい。」とつぶやいた。

「あの……もしかして、どこぞの大店の坊……ですか？」

「おおだなの、ぼん？」

何かの呪文みたいな言葉にとまどいながら、「丹羽歯科医院の孫やけど。」と答える。

緒方平太と名乗らなかったのは、近所に住んでいる人には、おじいちゃんが長年やっていた丹羽歯科医院のほうが知られているからだ。

女の子は「にわ？　しか？」と首をかしげた。知らないらしい。

「ここってどの辺？」

遠いところだったらこまるな、と思ったけど、彼女が口にした地名は、ぼくが住んでいる町だった。

「そんなわけないやん！　もっともっと都会やし、人も車も多いんやから！」

「なんで、そんな怒ってはるん？」

彼女の眉が思いきり八の字になった。泣きそうだ。ぼくはあわてた。

「べつに怒ってるわけやなくて。」と言いわけをしながら、改めて女の子を観察する。すごく地味な着物だし、転んでジーンズの膝に穴をあけてしまったとき、お母さんがしてくれたようにちがう布があちこちにぬいつけられている。はいている下駄もボロボロだった。

ぼくはもう一度、まわりを見た。車の音も飛行機の音もまったく聞こえなくて、聞こえるのは風と木の葉がゆれる音や鳥の鳴く声だけ。

丹羽歯科医院も、最近建ったばかりのマンションも見えない。地面はアスファルトではなく、土。木のほかには、古いお地蔵さんと小さな祠があるだけ。

なのに、ここことぼくの住んでいる町が同じ、ということは——。

「あのぅ、もしかして、今って江戸時代とか？」

冗談っぽくたずねたら、女の子の目が大きく見開かれた。

「江戸？　江戸から来はったん？」

「いや、江戸からじゃなくて。」と言いかけて、ぼくはハッとした。

ふつうなら、「東京から来た？」と聞くはずなのに、この子は江戸って言った！　じゃあ、やっぱり現代じゃなく、江戸時代なんだ……！

ぼくはエヘンとせきばらいをした。

「おどろいたらあかんで？　ぼくは江戸やなしに、未来から来てん！」

女の子はすごく不思議そうな顔をした。

「ミライ……？　えっと、それはどのあたりの村なん？」

「村の名前やなしに、えーっと、ずっとずーっと遠いところ。」

言ったとたん、こわくなってきた。ぼくはその『未来』にどうやったら帰れるんだろう？　一生、ここにいなければならないなんてイヤだ！　一生、家族に会えないなんて、ぜったいにイヤだ！

出そうになった涙をぐっとこらえて、ぼくは一生懸命、頭を働かせる。マンガや映画でタイムスリップした主人公は、やってきたのと同じ場所からまた現代にもどっていた。

「あの、ぼくが木から落ちたって言うてたよね？　どの木かわかる？」と女の子にたずねると、「自分で登らはったのにわからんの？」と笑いをこらえながら、「それ。」とぼくのうしろの大木を示した。

すごく太い幹に大きな枝、丸っこい葉っぱがしげっている。ぼくの背と同じぐらいのところに何かが住んでいそうな穴がぽっかりとあいていた。

もしかして、あの穴が未来に通じてたりするのかも……。

「ねぇ、坊。はきものはどないしたん？　お父はんやお母はんとはぐれたんでしょう？」

とりあえず、子どもあつかいはやめてほしい。

「あのぅ、ぼく、キミより年上やと思うけど。」

「え？　いくつ？」

「十一歳。」

ぼくの答えを聞いた女の子はすました顔で、「ほら。やっぱり私のほうが年上やないの。私は数えで十二やで。」と言った。

おじいちゃんから聞いたことがあった。昔は生まれた日から一歳と数えるのだ、と。

「あ、ちがう、同い年！　数えやったら、ぼくも十二やもん！」

「そう。それより、はきものは？」

年齢よりもそっちが気になるらしい。ぼくがだまっていると、「しゃあないなぁ。そっちのお稲荷さんの前で待ってて。」と祠を指さした。

言われたとおり、祠の前まで行く。いろんな大きさの狐の置物がまわりに置かれていた。

あいかわらず人の姿は見えなくて、落ちつかない。

心細くなったぼくはいそいで元の木まで引きかえした。

歩くたびに小さな石ころをふんでしまって痛い。できるだけ草が生えているところをつまさき立ちで歩いたせいで、木の根元にしゃがみこんでいた彼女はぼくがもどってきたことに気づいていない様子だった。

肩ごしにそうっと手元をのぞきこむと、古い大きな布を広げている。布の上にあったのは着物や布きれ、紙の束。今着ているのと同じような古いものばかりだ。

「それ、なに？」

「あ、むこうで待っててって言うたのに！」

ほおをふくらませたから、もっとリスみたいになった。カワイイ。

「ごめん。」

女の子は手早く布を包みなおすと、立ちあがった。そして、根元近くに生えている枝をふみ台にしてのびあがり、大きな木の、ぽっかりあいた穴に包みをおしこんだ。なんだ、あの穴はどこかに通じてるわけじゃないんだ、とがっかりするぼくに、彼女がワラでできたはきものを差しだした。

「これ、どうぞ。」

ぼくが知っている草履とはちがっていて、指を入れる鼻緒から長いひもが二本出ている。すわってはこうとしたけど、足の指を入れただけでどうしていいかわからない。

「江戸から来はったんやったら、うちの宿に泊まりはるん？」

「うちの宿？」

「このあたりで宿はうち――大和屋がいちばん近いから……。私、そこで働いてて。道がわからへんのやったら、案内しましょか。」

ぼくのことをお客さんだと思ったらしく、少していねいな口調になる。歩いていこうとする女の子を、「あ、ちょ、ちょっと待って。」とあわててよびとめた。まだ、この変なはきものがはけてない！

「もしかして、ワラジ、一人ではいたことないん？」とあきれながら、女の子は慣れた手つきでひもを足の甲や足首に巻きつけてはかせてくれた。

「ありがとう。あの……ぼくは平太、言うんやけど、そっちは？」

「私は、篤と言います。皆からはお篤、とよばれてます。」

「お篤ちゃん。」とよぶと「はい。」とほほえみ、「ほんなら行きましょうか。日がくれてまう。」とスタスタ歩きだした。いそいで後を追う。

「平太はん。さっきの風呂敷包みのこと、だれにも言わんといてもらえますか？」

「さっきの……うん、だれにも言わへんよ。」

「おおきに。」

お篤ちゃんはホッと肩から力をぬいた。ぼくよりしっかりしているように見えるのに、なんだか守ってあげたいと思ってしまう。前の学校でも今の学校でも、女の子と話すときは緊張するのに、この子とはふつうに話せるのが不思議だった。

「あっちに行ったらお城。天神さんはそっちのほう。」

お篤ちゃんに教えてもらって、ぼくはため息をついた。やっぱり、ここはぼくが住んでいるのと同じ町なんだ。

こんなさびしい所にコンクリートや鉄筋の高い建物がいっぱい建つなんて、信じられない。

大通りに出ても道は土のままだった。でも、人がたくさん歩いているせいか、道がふまれて固くなっているのがおもしろい。

広い道の両わきにならんでいるお店はどれも木造。「刃」や「染物」「油」なんて、見慣れない看板ばかりがならんでいる。

油
屋

ガッタンガッタンと音がするほうを見たら、男の人が長くて平たい板の上にのって足ぶみをしていた。

あれってもしかして……米ふみ！　おじいちゃんが見せてくれた絵と同じだ、とぼくは興奮した。

米ふみに気をとられていると、「平太はん、あぶない。」とお篤ちゃんに腕を引かれた。引かれるまま横に動くと、荷車を引いた馬がドカドカと通りすぎていった。

「わぁ、馬や……！」

こんなまぢかで走る馬を見たのは初めてだった。すごいすごい、と興奮していると、「馬なんか、そんなめずらしいもんやないのに。」と笑われた。

「平太はん、言葉は上方やね？　生まれは？」

「生まれたんは、堺っていうとこやけど……。」

知らないかも、と思ったけど、お篤ちゃんが目をかがやかせた。

「え、堺！　人も物もようけ集まるらしいねぇ。江戸と堺、どっちが栄えてるん？」

堺については転校する前の学校で習った知識しかない。この時代の江戸のことはもちろん知らない。ぼくは答えずに聞きかえした。

「お篤ちゃんは？　ずっとここに住んでるん？」

「生まれたのはもっと西の、尼崎、いうところ。海に近いとこでね。綿もようとれるんよ。知ってはる？」

「お篤ちゃんは、大阪に来てどれぐらいなん？」

行ったことはないけど、名前は知ってる。大阪の隣の兵庫県だ。

「大和屋さんに奉公に上がらせてもろて……二年。」

奉公もわかる。よその家に住み込みで働いたりすることだ。

「お父さんやお母さんと、はなればなれってことかぁ。」

「ああ、親はもうおらんのです。流行り病で二人とも亡くなって。」

「ご……ごめん！　そんなつらいこと思いださせて。」

「ううん。流行り病で親や子、亡くすんはうちの村も、こっち来てからもようあることやから。」

もし、ここで病気になったら、ぼくも死んじゃうのかな……と思ったら、またこわくなってきた。

家族の顔がうかんでくる。ぼくがいなくなった現代はどうなってるんだろう。急にいなくなったから大さわぎになってるかもしれない。心配してるだろうなぁ。

気持ちが暗くなりかけたとき、お篤ちゃんが「平太はん、優しいんやね。」とこっちを見てニッコリ笑ったから、心臓がピョンと跳ねてほおが熱くなった。

「そ、そんなことないよ……。ほんなら、お父さんとお母さんが亡くなったから、こっちに来たんや?」

「ううん、親が亡くなったんは私がまだ小さいころ。その後はずっとじいちゃんとばあちゃんとくらしとったんよ。」

「ぼくも今、おじいちゃんとくらしてる!」

いっしょだ、とうれしくなってそう言うと、お篤ちゃんは「ええなぁ。」とさびしそうな顔になった。しまった……。家族とはなれてくらしている子に無神経なことを言ってしまった。

お篤ちゃんがぽつんと言う。

「会いたいなぁ、じいちゃんとばあちゃんに……。」

「お休みはないの?」

「お盆とお正月はあるけど、お金も時間もかかるし……いっぺんも帰ってへん。」とさびしそうにつぶやいた後で、あわてて続ける。

「あ、でも、大和屋さんはみんなええ人やから、平気やねん。旦さんもご寮さんも優しいし
……お里はんは……こわいけど……。」

旦さんは旦那さん、ご寮さんはその奥さん。お里という人はお篤ちゃんを指導する、上司みたいな人だそうだ。

「私の覚えが悪いから、お里はんにはしかられてばっかりで……。」

「辞めて別のとこに行ったら？」

「それはあかんよ。口入れ屋さんに連れてこられたから。」

「くちいれや？」

「あちこちの村で人を集めて、人手がほしいとこに紹介する人。逃げたら、奉公先もこまるから、紹介した口入れ屋さんが追ってきはる。——ほんまはね。」と言いかけて、お篤ちゃんが口をつぐんだ。

「ほんまは、なに？」

「ほんまは、さっき逃げるつもりやってん。たまにもらえるお駄賃をちょっとずつ貯めて、ワラジ買うて。」

ぼくはハッと足元を見下ろした。このワラジはそれだったのか！　江戸時代には飛行機はもちろん、電車も車もない。お篤ちゃんが自分の村に帰るには歩いて帰るしかないのだ。

「ごめん！　そんな大事なものを……。」

「ううん。ええの。よぅ考えたら、逃げても元の村しか帰るとこないし、じいちゃんやばあちゃんにも迷惑かかるから。それに番頭はんがほかす*布とか着物やなしに、もっとええモンお土産にしたいし。……もうちょっと……がんばってみる。」

さっき、木の穴に隠していたのはおじいさんたちにわたすものだったのだ。

お篤ちゃんってお母さんみたいだ。お母さんもいつも、自分のものはあとまわしで、ぼくやお姉ちゃんの洋服を買ってくる。

「平太はん、しばらくは大坂にいてはるんでしょう？　堺やミライの話、また聞かせてね。」

ぼくは大きくうなずいた。家には今すぐ帰りたいけど、もうちょっとこの子と話したいなぁ、と思いはじめていたのだ。

そのとき、ソレはきた。

お尻がムズムズする。オナラが……出そう！　そういえば、給食に大学イモが出たし、おやつもサツマイモのケーキだった……！

こんなカワイイ子の前でオナラをするなんて、ぜったいにイヤだ。どこかにトイレは、とぼくはあたりを見まわした。現代なら、公園や駅、コンビニに行けばある。でも、江戸時代にそんなものはない。

「平太はん？　どないしはったん？」

オナラがしたい、とは言えない。どこかの草むらとか路地とか——とにかく、ちょっとはなれようと思ったのに、お篤ちゃんは小さな悲鳴をあげて、しがみついてきた。

「ど、どないしょう……！　怒ってはる！」

「え、だれが？」

顔を上げると、顔を真っ赤にした男がこちらに突進してくるのが見えた。小柄なのに、ビックリするほど足が速い。着物のすそはまくりあげられ、筋肉のついた太い足がむきだしだ。

「お篤！　おまえは、どこ行きよるんや！」

男はぼくたちの前まで来ると、お篤ちゃんの手首をつかんで思いきり引っぱった。

「あぶない！」

よろけたお篤ちゃんをささえると、男がギロリとぼくをにらんだ。

「関係ないもんは引っこんどけ！」

ドンと肩をつかれ、ぼくは男をにらみかえした。

「新左はん！　その人、うちのお客さんです、大店の坊ですよ！　乱暴はやめてください！」

お篤ちゃんが強い口調で言い、新左という男は「え？」とぼくを見て、あわてたように「そら……失礼しました。」と頭を下げた。

「えーっと……ほんなら、お篤。おまえはこの坊と何しとんねん、こんなとこで。」

「そ、それはその……迷ぅたはるところに行きあわせて……今から大和屋はんにもどるとこです。」

お篤ちゃんがおどおどしながら答える。新左は単純なのかあっさり信じて、「なんや、そうかぁ。」と明るく笑った。

「お里はんがお篤が帰ってけぇへん、逃げたかもしれへんって言うてきたんや。お里はん、そそっかしいな。」

お篤ちゃんがいなくなったことは奉公先にはバレているらしい。お篤ちゃんが青ざめた。

「たのむで、お篤。もし、逃げだしたりしたら、タダではすまんからな。」

その声は低く、足がすくむほどこわかった。お篤ちゃんもかすかにふるえながら顔をふせる。

新左がぼくを見て、ニカッと笑う。

「ああ、すんません、坊（ぼん）。俺（おれ）ら口入れ屋はいろいろ大変なもんで。ところで。」

新左は、ぼくの頭のテッペンから足の先までジロジロとながめた。

「どこからおいでなさったんで？」

お篤ちゃんがパッと顔を上げた。

「新左はん、江戸にも行きはるから、きっと知ってはるわ。坊はね、ミライっていう村から来はったんよ。」

「ミライ？　ミライ……はて、聞いたことないなぁ。坊の親父殿（おやじどの）は、なんの商（あきな）いをしてはるんですか？」

「親父殿……は、お店やなしにお医者さんをやってます。」

正直に言ったのに、新左は「うーん？」となって首をひねった。

「お医者さまがおるぐらい大きい村を、俺が知らんわけはないんやけどなぁ。」

この時代、お医者さんの数は少ないんだ。

新左はお篤ちゃんがしたよりも乱暴な手つきで、甚平をつまんだ。

「こんな布、見たことないんやけど、どこで手に入れはったんですか？」

そうたずねた目つきがなんだかちょっと嫌な感じがして、ぼくは新左から一歩下がった。

「どこって……もらいモンやから。」

「だれからの。」

「留美さん。」

新左は思いきり眉をひそめた。

「るみ？　そいつはどこに住んでんねん。」

「どこって――。」

新左が目を細めた。こわい。ぼくはもう一歩うしろに下がった。

「言われへんのは……盗んだものやから、やないんか？」

「新左はん、何言うてはるんですか！　失礼やないですか！」

おどろきで声も出ないぼくに代わって、お篤ちゃんが強い口調で抗議してくれた。

新左はひょいっと肩をすくめると、「まあ、ええわ。調べたらわかる。ちょっと行こか。」

とぼくの腕を取った。

「え？　ど、どこに？」

「番屋や。あやしいもんがおったら申しでるように言われてるからな。」

番屋は聞いたことがなかったけど、頭の中にはおまわりさんのいる交番がパッとうかんだ。

「ぼくはべつに何もしてへん！」

「ここで何もしてへんでも、ほかでおたずねもんになってる可能性がある。子どもを手引きに使う泥棒もおるさかいな。」

「そんなん、せぇへんよ！　はなして！」

もがいてもビクともしない。すごい力だ。新左の腕に、お篤ちゃんがしがみついた。

「新左はん、やめて！　平太はんはうちのお客さんで。」

「ほんまに客なんか？　こんな子どもが一人で旅するわけないよな？　連れがおるはずや。お篤、こいつがほんまに大和屋に泊まってるか、調べてこい。」

ぼくはあわててさけんだ。

「ごめんなさい、大和屋さんのお客とちがいます！　でも、泥棒でもないから！」

新左よりも、お篤ちゃんに向かって必死にさけぶ。

目が合うと、お篤ちゃんは小さくうなずいてくれた。

ホッとしたとたん、「それやったら調べられてもこまらんやろが。どこのだれかわかったら、すぐにはなしてもらえる。」と新左がぼくを引きずるようにして歩きはじめた。

どこのだれか、なんてわかるはずがない。だって、ぼくはまだ生まれてもいないんだから。

ぼくはどうなるんだろう？　牢屋に入れられて、殺されてしまうかも。そんなの、ぜったいにイヤだ！

逃げる方法を必死に考える。

そうだ、未来から来た人間にしかわからないことを言えば、新左も考えなおしてくれるかもしれない。

「あの、未来って言うんは、村やないんです。」

新左が「え？」と足を止める。

「ここからずーっと後の時代から来たんです。この国でこれから何があるか、全部――やないですけど、知ってます！　聞いたらビックリしますよ！　えっと、たとえば……今、外国とは行き来がないですよね？　でもぼくがいる時代にはだれでも自由に外国に行けるし、外国からも人がいっぱい来てます！」

　お篤ちゃんと新左が顔を見あわせた。

「産業も発展して、いろんな便利なもんができるんです！　たとえば……機械がたくさんの人をのせて、鳥みたいに空を飛びます！」

　空を指さしてさけぶと、新左がわざとらしくため息をついた。

「お篤、こいつは盗っ人やなしにちょっとおかしいヤツかもしれんぞ。」

　ぜんぜん信じてない！　何かもっと、もっとちがうこと——。

「えっと、マンションっていう高い建物ができて人がいっぱい住んでるし、東京——江戸まであっという間に行けます！」

　必死で現代のアピールをしていたら、また、アレが来た。オナラが出そう。今度はぜったいに出る。音もしそうだ。

「あの、すみません、ちょっとはなしてもろてもいいですか？」と新左にたのむと、「アホか。逃がすわけないやろ。」とさらにぐっと腕に力を入れられてしまった。

「お願いします、はなしてください！」

　必死でお尻の穴に力を入れる。気がつけば、ぼくらはたくさんの人の注目の的になっていた。「どないしたんや？」「泥棒やって。」「あんなきれいなナリ*した子ぉが？」なんて言葉が聞こえてくる。

学校でトイレの大きいほうに入るのも恥ずかしいのに、こんなおおぜいの人の前でオナラなんかできない！

おまけに、だれかがよびにいったのだろう、「さわがしい。往来で何事や。」と刀を二本差した男の人が人をかきわけて近づいてきた。

「あ、お役人さま。いえね、あやしい子どもを見つけたんで、今、お届けにあがろうかと。」

新左が言った瞬間、お尻の穴がヒクヒクッとして……ぼくは必死で新左の腕をふりほどき、お尻の穴を両手でおさえようとした。でも、間にあわなかった。

ブッ！　とオナラが出たとたん、ぼくは光に包まれた。まぶしい！

思わずぼくは目を閉じた――。

＊ほかす→関西の方言で「捨てる」の意味

＊ナリ→「格好」のこと

3 新聞係はバラバラ

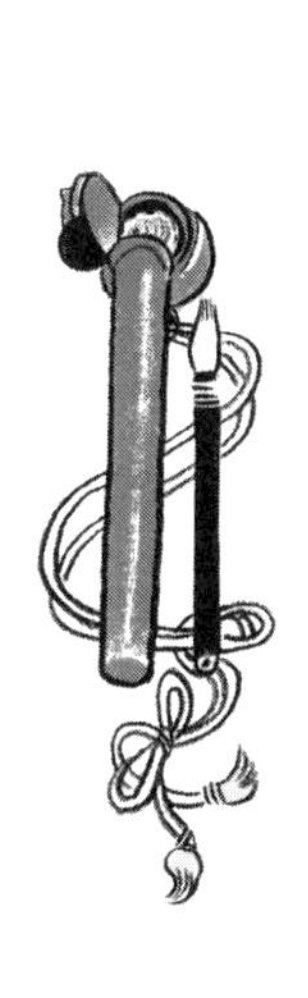

車のクラクションがかすかに聞こえて、ぼくはハッと目を開けた。まわりにはだれもいなかった。お篤ちゃんもお役人も……。ただ、薄暗くてホコリっぽい。

「え！　ええ？」

立ちあがろうとしたぼくは、頭をぶつけた。落とした冊子を取ろうとして、机の下にもぐりこんでたことをすっかりわすれてた。ぼくは冊子をつかむと、机の下からうしろ向きにはいでた。

山積みの古い書物、巻物……元の納戸だ。

夢を見ていたのかと思ったけど、新左に強くにぎられた左の手首がうっすら赤くなっている。本当に江戸時代に行ってたんだ。

「よかったぁ……もどってこれたぁ……！」

ぼくはすわりこんだまま、大きく息を吐いた。あのまま、江戸時代に行きっぱなしにならなくてよかった。

もう二度と、あんなこわい思いはしたくない。ただ、お篤ちゃんのことは気になる。あの後、どうなったんだろう？　ぼくが突然消えておどろいてるだろうな。変なヤツを連れてきた、としかられてないかな。

そのとき、お姉ちゃんがドアのところにひょこっと顔をのぞかせた。制服から部屋着に着かえている。

「平太、もうそろそろご飯やって。……どないしたん？」

「あ、お姉ちゃん、聞いて！　ぼく、さっき、江戸時代に行ってきてん！」

お姉ちゃんはポカンと口を開けた。

「アンタ、片づけサボって寝とったん？」

「夢とちがうよ！　江戸時代でお篤ちゃんって子に会うて、口入れ屋の新左って人につかまって。」

「おじいちゃんに江戸時代の話を聞かされて、それが夢に出てきたんよ、きっと。それより、ご飯やで。」

「寝てへんって言(ゆ)うてんのに。」

口をとがらせながら立ちあがると、お姉ちゃんが「なに、それ！　きたない！」と悲鳴をあげた。

お姉ちゃんがさしているのは、ぼくの足元だ。お篤ちゃんに借りたワラジをはいたままだった。

「お姉ちゃん、これ！　これが証拠(しょうこ)！」

「ええから、早(は)よ、脱(ぬ)いで！　嫌(いや)やわぁ、泥(どろ)だらけやんか！　何やってんのよ、お母さんに怒(おこ)られるで！」

ぼくはあわててワラジを脱いだ。

「足も泥だらけやんか。ほら、これでふいて。」

わたされたウェットティッシュで足をふいている間に、キレイ好きのお姉ちゃんはワラジを人差し指と親指でつまんで、傍(そば)にあったコンビニの袋(ふくろ)につっこんだ。

「それ、どうすんの？」

「どうするって……捨(す)てるんやん。」

「それはあかんよ！」

コンビニの袋をうばいかえしたら、「そんな泥だらけの、家の中に置かんといてよ！ちっちゃい虫とかおったらどないすんのよ。」と怒られた。

お姉ちゃんは虫が大嫌いなのだ。

にらみあっていると、「瞳子、平太！　何やってるの、ご飯よぉ！」とお母さんによばれた。

お姉ちゃんが「わたしなさい。」とこわい顔で手をつきだしてきた。いつもなら「ごめんなさい。」とわたしてしまうところだけど、ぼくはぎゅっとコンビニの袋をにぎりしめた。

さっきの新左にくらべれば、お姉ちゃんなんかぜんぜんこわくない！

にらみかえすと、お姉ちゃんはあっさりあきらめた。

「その袋、この部屋から出すん禁止やからね！」

捨てられたらイヤだから、ぼくは本棚のいちばん下、空いているすみっこに袋と、手にしていた冊子をいっしょにおしこんだ。

おじいちゃんなら、江戸時代に行ったことを信じてくれると思っていたのに、夕食の席におじいちゃんはいなかった。友だちから「めずらしい古文書を手に入れた。」というメールが入って、出かけてしまったらしい。

「おじいちゃん、泊まってくるって。」とお母さんに言われて、ぼくはガッカリした。

「なぁに、平太。おじいちゃんに何か用やったの？　いそぎやったら電話する？」

ぼくが首をふると、お姉ちゃんが割りこんできた。

「わかった、さっきの変な夢の話、するんでしょ。」

「変な夢って？」

「平太がね、江戸時代に行ったんやって！」

お父さんとお母さんは笑わなかった。でも、信じてくれたわけじゃない。

「平太がそんなロマンティックなことを考えるとはなぁ。」

「おじいちゃんの影響かしらね。想像力豊かなんはええコトやね。」

「歴史の研究者になるかもしれんな。」

またお姉ちゃんが口をはさむ。

「ならへんでしょ。平太は画家になるんやもん。ね？」

「ああ、そうやったな。金賞取った絵、よかったもんな。」

わすれようとしていたことを言われて、ぼくの顔はこわばった。

「――画家にはならへん。ぼく、もう絵は描かへんって決めたから。ぼくもおじいちゃんやお父さんみたいに歯医者さんになろうかな……。」

なんの気なしに言ったら、お姉ちゃんが「あかんよ！」とさけんだ。

「私が歯医者さんになって丹羽歯科医院をつぐんやから。ね、お父さん？」

うーん、とお父さんが苦笑する。

「今決めんでもええよ。瞳子も、もしかしたらちがう道に進みたくなるかもしれへんやろ。」

「小さいころからの夢やもん。ぜったいに歯医者さんになる！」とお姉ちゃんは宣言した。

夢か……。お篤ちゃんの夢はなんだろう。ぼくは、やせた女の子の顔を思いうかべた。

夢はわからないけど、やりたいコトは知っている。家に帰って、おじいさんとおばあさんに会うコトだ。

ぜったいにワラジを返さなきゃ。ぼくはお箸をぎゅっとにぎった。江戸時代はこわいし、ワケがわからないけど……お篤ちゃんにはもう一度会いたかった。

ぼくの代わりに新左に怒ってくれたお篤ちゃん。次に会えたらぼくがあの子を守るんだ。

「平太。ぼんやりしてないで、早く食べなさい。」

気がつけば、みんな食べ終わっていて、ぼくはあわててご飯をかきこんだ。

江戸時代へもう一度行こうと、いろいろやってみた。納戸の机の下にもぐってみたり、例の冊子に光るページがないかよく調べたりしたけど、何も起きなかった。

おじいちゃんはもう二日も帰ってこない。

今日は、あの日と同じ時間に納戸に行って、冊子を開いてみるつもりだった。

ところが、休み時間に倉田みちるが、「今日の放課後、学級新聞係で集まるの、覚えてるよね？」と言いにきた。

わすれてた……。江戸時代に行く実験はまた明日だ。

放課後、外階段の掃除当番を終えて教室にもどろうとしたぼくは、下駄箱のところで新聞係の小山田くんと出くわした。いつも本を読んでいる、おとなしい子だ。

「あれ？　小山田くん、帰るん？　これから学級新聞係で集まるんやんね？」

思わず、声をかけると、小山田くんはそれがクセなのか、メガネをくいっとおしあげながら、「図書館に本を返しにいかなあかんから。」とさっさと帰ってしまった。

返却期限がせまっているのかな？　それならしかたがないか、と向きなおると、ワイワイ話しながらやってきた男子のグループに田上くんの姿があった。

田上くんも新聞係だ。背が高くてスポーツが得意。クラスでも中心的存在だけど、ちょっと強引なところがある。

「あ、田上くん、今日は学級新聞係の。」

「ああ～、メンドイから帰るわ。サッカーする約束してるし、そっちのほうが大事やし！」

ええ？　係の仕事ってそんなんでいいの？　とおどろいたけど、田上くんだけじゃなく、その後にやってきた宮原さんにも「用事があるから。」と断られてしまった。宮原さんは爪にマニキュアをぬってる、ちょっとオトナな子で、この子もちょっと苦手だ。

「学級新聞は、みちるがいっつも一人で決めて、一人でつくってるから……緒方くんかて帰っても大丈夫やで。」

結局、新聞係のミーティングに出席したのはぼくとみちるだけ。二人で、前回のアンケートの集計作業をすることになった。

アンケート用紙には、『今回の学級新聞の感想』『どんな記事が読みたいですか』という質問がならんでいる。

「感想欄、読みあげてくれる？　私がノートにまとめて書いていくから。」

「わかった。」と言ったけど、感想欄には「おもしろくない」「つまらない」「字が多い」「読む気がしない」「むずかしい」ばかりで、「おもしろい」「ためになった」は一つもない。みちるは平気そうな顔をしているけど、読みあげているぼくのほうが悲しくなってきた。

そして、こんなよくない感想だらけの新聞はどんなものだったのか、興味がわいてきた。

「倉田さん、今回の新聞、見せてくれへん？」

「みちるでええってば。別のクラスにも倉田さんがおるから、ややこしいねん。それより、配った新聞、読んでへんの？」とぼくを軽くにらみながらも、今まで出した新聞をとじたファイルをわたしてくれた。


「――どない？」

新聞の感想を聞かれて、ぼくは言葉につまった。今回の号も前の号も、本当に本当に本当に……おもしろくなかった。

校長先生やＰＴＡ会長のインタビュー。書道やスポーツの大会の結果。学校や近所に住む人からの注意とお願い――。４コママンガは下手くそだし、オチもよくわからない。

「えっと……その……ちょっとむずかしい記事が多いかな……。」

「新聞やもん。ためになる情報ってむずかしぃて当然やん。」

ためになっても、読みたいと思わなかったら意味ないよね……。

「そういえば、あのマンガはだれが描いてるん？」と聞いたとたん、みちるが真っ赤になった。

「私よ！　文句ある？」

「ない、ないよ！」

大きく首をふって、ファイルを返そうとしたとき、別の新聞が入っていることに気づいた。

その新聞はそれまでのものとはちがっていた。同じ手書きだけど、タイトルの文字が大きくて、中の文章も短めで読みやすい。先生たちが子どものころの失敗談や、クラスメイトのペット紹介もあっておもしろい。

もっと読みたかったのに、「それ、隣のクラスの新聞。もうええでしょ。」とみちるに取りあげられてしまった。

うちのクラスも、あんなふうに楽しい雰囲気だったら、読んでもらえるかも――。

試しに、集計が終わったアンケート用紙の裏に『校長先生へ突撃インタビュー』のタイトルを描いてみた。飾り文字にして、『突撃』の横には飛んでるロケットをつける。ロケットが目指す先には、校長先生の似顔絵。

はげ頭で、鼻は丸くて、メガネをかけていて——われながらうまく描けたとは思うけど、もう絵は描かないと決めたことを思いだして、あわてて消しゴムを手にする。

「わぁ、校長先生、めっちゃ似てる！」

消そうとした紙を、みちるがサッと取った。

「髪がない先生ってほかにもおるのに、ちゃんと校長先生ってわかる！」

みちるから紙をうばいかえして、ぼくは校長先生の似顔絵を消しゴムで消した。

「あー！　なんで消すんよ！」

「こんなん、本人が——校長先生が見たら、イヤな気持ちになるやん。」

「うまいのにイヤな気持ちになるわけないやん。ねぇ、斎藤先生は？　斎藤先生描いて！」

「ぜったいにイヤや。」と強い口調で断ったけど、みちるはさらに言う。

「……ほんなら、新聞の4コママンガは？　緒方くんみたいにうまい人が描いてくれたら、みんな喜ぶと思うねん。」

「絵は描きたない。」

「なんで？　恥ずかしがらんでもええのに。ねぇ、イラストだけでも。」

「しつこいなぁ。イヤやってば！　なんでぼくに描かせようとすんの？」

「学級新聞、ちゃんと読んでほしいからに決まってるやん！　なんでそんなに絵描くんイヤがんの？　私はこんなに下手くそでも描いてんのに！」

みちるは学級新聞の、４コマがのっているページをぼくにつきつけた。

「あのさ……ちょっと気になってんけど、この人はなんでトウモロコシくわえてるん？」

男か女かもわからないキャラクターを指さすと、みちるがまた真っ赤になった。

「トウモロコシって！　これは笑てんの！」

「ええ！」

よく見ると、歯をむきだして笑っているように見えなくも、ない、かな……？

みちるはがっくりと肩を落とした。

「わかってるよ。ほんまに下手くそやもんね……でも、トウモロコシかぁ……。」

「その……ごめん……。」

傷つけてしまった、とあわてたら、みちるがパッと顔を上げた。

「あ、でも、トウモロコシくわえてることにしたら受けるかな？」

「ええ？　いや、無理やって！」

二人で顔を見あわせて笑ってしまった。みちるがふと、まじめな顔になる。

「──緒方くん、もう帰ってええよ。ほんまはやりたないんでしょ、新聞係。絵のことも、ごめん。緒方くんは恥ずかしがってんのに。」

「恥ずかしいわけやないよ……ただ、ぼくが描いた絵で友だちにイヤな思いさせたことがあって。」

「イヤな思い……？」

ちょっと迷ったけど、正直に言うことにした。

「ぼく、転校する前、絵のコンクールで金賞もろてん。」

「え、金賞！　すごいやん、それ！　絵を習ってるわけやないんでしょ？」

「うん、習ったことはない。せやのに、絵がうまいってずっとほめられてきて、めちゃくちゃ調子に乗ってたんやと思う。」

マンガのキャラクターをまねして描くのも、景色や物を描くのも得意だったけど、いちばん得意だったのは、人の顔だった。同じ人間なのに、顔の大きさも目の形や鼻の位置もみんなちがう。それがおもしろくて大好きだった。それに、「うまい。」「似てる。」「すごい。」ってほめてもらえる。絵を描くことは、ぼくの唯一の特技だった。

でも、金賞をもらった絵を思いだすと、胸がキリキリする。苦しくなる。

「金賞をもろたんは、学校の授業で描いたクラスメイトの顔やってんけど……。」


その日、図工の授業でぼくは仲良しの磯部くんとペアになった。磯部くんは色白でちょっとぽっちゃりした子だ。いじめられっ子ではないけど、内気な磯部くんが怒らないのをいいことに、クラスの子たちはいつも面倒なことばかりおしつけていた。磯部くんはどんなことでも、「ええよ。」と小さな声で言って引きうける。からかわれても、うつむくだけで言いかえさない子だ。

「断ったらええのに。」とぼくが言っても、「ええねん。」とこまったような顔で笑う。

家が近所ということもあって、一年生のときからよく遊んでいたし、磯部くんがおしつけられた面倒ごと——ノートを集めたり、ゴミを捨てにいったり——を手伝ったことだって何度もある。ほかの子からは、二人は「親友」と思われていたし、ぼくもそう思っていた。

ぼくは画用紙いっぱいに、見慣れた磯部くんの顔を描いた。色の白さが際立つように、ほおの赤を濃く入れる。すごく特徴をとらえた絵が描けた、と思った。

その絵で生まれて初めて賞をもらった。しかも、金賞！

絵が校舎の入り口に貼りだされた日、クラスの子たちが磯部くんを連れてきて、絵の隣に立たせた。「めっちゃ、似てる！」と言われて、ぼくは得意になっていた。

そのうち、クラスの子たちは「磯部のほっぺた、絵と同じでリンゴみたいや！」「顔、でか！」と、からかいはじめ、磯部くんはいつものように、だまってうつむいた。恥ずかしいのかな、とぼくはあまり気にしていなかった。

でも――みんなが教室にもどっても、磯部くんはうつむいたまま、立っていた。

「磯部くん、ぼくらももどろ。授業始まる。」

そのときの磯部くんの声を、ぼくは一生わすれない。

「緒方くん、ひどいわ。ぼく、こんなにほっぺた赤ない。こんなに顔、大きない……！」しぼりだすような声だった。磯部くんの目からボロボロ涙が落ちる。ぼくは頭をなぐられたような衝撃を受けた。

いつも絵を描くとみんな喜んでくれたし、ぼくだって幸せだった。自分の絵が、人を悲しませるなんて考えたこともなかった。

「ごめん……。」

あやまるぼくから目をそらして、磯部くんは涙をふく。いつもみたいに「ええよ。」とは言わなかった。

磯部くんとはそれから一度も話さなかった。

そして、ぼくは絵を描くのをやめた。ぼくの絵を見た人が磯部くんみたいにイヤな思いをしたらどうしよう、と思ったら、描くのがこわくなったのだ。

磯部くんとずっと気まずいまま、というのはつらかったから、引っこしが決まったとき、ぼくはすごくホッとしたのだ——。


話を聞きおえたみちるは、眉間にしわをよせた。

「……緒方くんの気持ちもわからなくもないけど、なんかもったいないわ……。」

責めるような口調ではなく、残念そうなものだったから、ぼくはホッとした。

アンケート集計を再開したとき、斎藤先生が教室に入ってきた。

「あらぁ、二人だけ？　倉田さん……ほかの子たちにも声をかけてって言うたよね？」

「おってもしかたないですよ、あの人たちは。」

「それは言いすぎやで？」と言ったぼくに、みちるが向きなおる。

「だって、みんな適当やもん。まじめに書いてって言うても、田上くんはふざけたことばっかり書くし、小山田くんは鳥の分布図とかマニアックなモンしかつくらへんし、宮原さんは校長先生に昨日食べたモンとか、どうでもええ質問ばっかりするし！」

先生がぼくの顔をチラッと見た。新聞を二回発行する間にそうとうもめたんだろう。

「ところでね、学級新聞コンテストっていうのがあるんやけど、うちのクラスは参加する？」

先生がチラシを見せてくれた。対象は全国の小学生。大阪府内で入選すると、全国大会に出られる。でもうちのクラスのおもしろくない新聞では、大阪を勝ちぬくことなんて無理だろう。

「隣の一組は出すみたいやけどね。」

それを聞いたとたん、「コンテストなんて。」と、しりごみしていたみちるが、「応募します！」とさけんだ。

「ええ？　本気なの？」

めんくらったぼくに、みちるが大きくうなずく。

「本気！　一組に、佐藤蓮にだけは負けたくない！」

佐藤蓮って……だれ？

とまどうぼくとは反対に、みちるは「がんばろうね！　緒方くん！」とはりきりはじめた。

「待って。宮原さん、田上くん、小山田くんも参加することが、応募の条件。」

先生にクギをさされて、みちるがしぶしぶうなずく。

江戸時代に行く方法を考えたいのに、面倒なことになっちゃったなぁ――ぼくはこっそりため息をついた。

おじいちゃんは翌日の土曜日にもどってきた。友だちからゆずってもらった古文書や巻物を抱えてうれしそうなおじいちゃんに、「また物を増やして。」とお母さんとお姉ちゃんはあきれている。

さっそくおじいちゃんに江戸時代の話をしようとしたら、お母さんに「先にお昼ご飯ね。」とさえぎられてしまった。お父さんは午前の診療が長引いていて、まだもどってこない。

お昼ご飯は天ぷらとざるうどんだった。天ぷらはぼくもお姉ちゃんも大好きだけど――。

「お母さん……イカとかエビ、ないん？　なんでおイモさんばっかりなん？」

「サツマイモはこの前、食べきったはずやんね。なんでこんなにあんの？」

「今度はいただいたのよ、裏の中村さんから。ほら、揚げたて。おいしいわよ。お母さん、サツマイモだーい好き。」

お母さんは天ぷらを、ヒョイヒョイッとぼくとお姉ちゃんのお皿にのせていく。

揚げたての天ぷらはおいしい。お塩をちょっとつけて食べると、サクッとした衣の後に、ホカホカの甘いイモの味が広がる。天つゆをつけて、フニャフニャになった衣も好きだ。

「おいしいよ。おいしいけど……ほかのも食べたかったなぁ。」

それでも、お腹が空いていたせいで、食べすぎてしまった。

お腹いっぱいになったぼくとおじいちゃんは、納戸へ行った。「話なら、納戸を片づけながらしてちょうだい。」とお母さんに言われたからだ。


「ほほぉ、江戸時代にな……。」

おじいちゃんは、ぼくがわたした冊子とワラジを興味深そうに見つめた。お姉ちゃんのように「寝ぼけてたんでしょ。」とあきれなかったし、お父さんやお母さんみたいに「想像力が豊か。」と感心もしなかった。ちゃんと信じてくれたんだ。だから、ぼくはおじいちゃんが大好きだ。

「ほんで、行った先は何年や？　元号は何やった？　将軍の名前は？」

おじいちゃんは次々と質問してくるけど、ぼくに答えられるわけがない。お篤ちゃんだって知ってるかどうか……。

「まぁしゃあないな。一般市民、特に大坂の町人にしたら江戸の将軍さまなんて関心もないやろう。」

「おじいちゃん。どうやったらまた江戸時代に行けると思う？」

「そんなん知ってたら、ワシが行くわな。」

それはそうだ。

「映画とか本では、同じ条件になったときにタイムスリップする、みたいに描かれてるがなぁ。」

「いろいろ試してみたけど、あかんかってん。」

「そういえば、平太。あの日、甚平着とったな。」

「あ！」

留美さんにもらった甚平に着がえてもどると、おじいちゃんは大きな段ボール箱をゴソゴソとさぐっているところだった。部屋がさらにホコリっぽくなった気がする。

「平太、これはどうや？」

おじいちゃんが取りだしたのは……ワラジだった。長いひもで四足まとめられている。

「どうしたの、そのワラジ！」

「おじいちゃん、小学校や中学校で昔の人のくらしぶりを話すボランティアをしとってな。実物を見てもらうのがいちばんやから、古道具屋さんで買ぅたんや。」

「おじいちゃん！　そのワラジ、もろてもええ？」

ワラジを返すときに、プレゼントしたらお篤ちゃんはぜったいに喜んでくれる！

「ええけど、また使うから半分だけな。」

ぼくはワラジを二足もらうと、お篤ちゃんから借りたワラジといっしょに、コンビニの袋に入れた。

ワラジが入っていた箱には、けん玉やコマ、羽子板といったオモチャのほかに、何に使うのかわからない物も入っている。

「おじいちゃん、これなに？　鉄砲、やないよね？」

雑多な道具の中から、ぼくはものさしの三分の二ほどの長さの細い鉄の筒を取りだした。

思ったほど重くない。

筒の先には丸くて平べったいケースのようなものがくっついていて、神社で手を洗うときに使うヒシャクみたいな形だ。でも、フタがついているし、丸いケースの根元のところには、きたないひもがグルグル巻きにされていた。

「ああ、そりゃ矢立てや。携帯用の筆記用具。今で言うところの筆ペンみたいなもんやな。」

「ええ？　これが？　筆記用具？」

おどろいていると、おじいちゃんは横から手をのばして、フタを開いた。

「ほら、中が墨でよごれてるやろ？　ここに墨汁を入れて持ちはこぶ。ほんで筒の部分は空洞で、細い筆が入るようになってるんや。」

おじいちゃんがフタを開けたまま筒をかたむけると、中から細い筆がスルスルと出てきた。書道で使う細筆よりも細くて短い。

「わ、おもしろい！」

ぼくは矢立てを手に取ってながめた。よく見ると、筒のところには漢字で何か彫られていて、フタのところには取っ手代わりに小さな亀がくっついている。

「こんなフタやったらピッチリ閉まらんやん。墨汁入れたらボタボタこぼれそう。」

「そう思うやろ。でもな、昔の人はすごいぞ。」と言いながら、おじいちゃんはナイロン袋に入った脱脂綿と墨汁のボトルを取りだした。ちぎって丸い部分につめ、墨汁をそっと注ぐ。

「綿が墨を吸うからこぼれへん。かわいたら墨を足したらええっちゅうわけや。」

「へええ。」

ぼくはわたされた細筆を、黒くなった脱脂綿に押しつけた。じゅわっとわずかに出た墨を筆が吸う。

「気に入ったんやったら、その矢立て、平太にやろう。」

「え！　ええの？」

「まだ何本かあるしな。平太が江戸時代に興味を持ってくれた記念や。」

おじいちゃんは矢立てのひもをほどいて、ぼくの首にかけてくれた。ななめにかけると、刀なんかより、ずっとかっこいい。

おじいちゃんはまた別の箱をガサガサさぐって、たたんだ紙を取りだした。黄ばんでカビくさい、Ａ２ぐらいのサイズの紙を慎重に広げる。

「おまえが行った時代のものかはわからんけど、このあたりの地図や。」

丈夫そうな紙だけど、折れ目のついたところに穴があいたりしていた。川は水色っぽく、木の多いところは緑色にぬられている。タイトルが『大阪』じゃなく、『大坂』になっていた。

「これ、字ぃまちがってへん?」

「ええとこに気ぃついたな。明治時代に今の『大阪』に変更になったんや。ちなみに、江戸時代は地図やなしに絵図て言うてたらしい。さて、と。うちはこの辺な。」

おじいちゃんが指さしたところは、空き地になっていた。

「どう歩いたか覚えてるか?」

自分が歩いたところを思いだしながら、指で地図をたどる。大きな通りに「刃」「油」「酒」などの文字がならんでいて、あのときの店のならびと似ているような気がする。お篤ちゃんが奉公している「大和屋」もすぐ見つかった。

そのとき、お母さんが入ってきた。

「どうしても、おじいちゃんに入れ歯の具合を診てほしい患者さんが来てるんやって。どないする?」

「ああ、田中のおばあちゃんやな。平太。ちょっと行ってくるから、すまんが、さっき出したもん、箱にもどしといてくれるか。」

古い道具を箱にもどした後、ワラジを入れた袋の持ち手に腕を通す。もし、また江戸時代に行っても、お篤ちゃんにわたせるように。念のために、さっきの地図も同じ袋に入れる。

とりあえず、前と同じようにしてみよう。あのときは机のうしろに冊子を落としてしまったっけ。

冊子を広げながら机に近づこうとしたら、足元にあった巻物につまずいた。

「あ！」

身体をささえようと机に手をのばしたけど、届かなかった。冊子がバサッと床に落ちた拍子に開いたページが光りはじめ、そこへぼくは頭からつっこんでいった――。

4 盗っ人と人相書き

光の中、ぼくの身体はまた風を受けて飛んでいる。まぶしくて目が開けられないのは前と同じだ。

やった！　江戸時代に行けるかも！　と興奮したけど、お篤ちゃんがいない戦国時代や平安時代に連れていかれたらこまる。

「神さま、仏さま、ご先祖さま！　お願いだから、お篤ちゃんに会わせて――！」

そうさけんだとたん、風がやみ、あたりが真っ暗闇になった。そして、前と同じように暗闇の中、ぽつんと見えた光の中に落ちていく。

「イテ！」

ぼくはまた、お尻から落ちた。お篤ちゃんと出会った大きな木の前だ。ぼくが落ちた音にビックリしたのか、バサバサッと鳥が何羽か飛びたっていった。木は、あのときと同じぐらいの高さ。同じ時代に来れた、かな……？

コンビニの袋の中身も、ななめがけにした矢立ても無事だった。ぼくは袋から地図を引っぱりだしてながめた。

「大和屋に行ってみようかな……。」

新左や役人はこわいけど、見つからないように注意すれば大丈夫だろう。

お篤ちゃんがやってくれたのを思い出しながらなんとかワラジをはいたぼくは、お篤ちゃんが風呂敷包みを隠していた木の穴に、新しいワラジを二足おしこんだ。背のびして、なんとか届く位置でよかった。もし、会えなくてもお篤ちゃんが気づいてくれますように。

コンビニの袋と地図を、甚平のズボンのポケットにねじこむ。

今回はお篤ちゃんがいない。ぼくはドキドキしながら、土の道を歩きだした。


大和屋はその付近ではかなり大きなお店で、活気があった。入り口では「大和屋」と染められたはっぴを着た男の人が二人、お客さんをニコニコと出むかえている。

お客さんを送りだす女の人たちもみんな、地味だけどきれいな着物を着ていて、お篤ちゃんのすり切れた着物とはちがう。お篤ちゃんは表に出ない、中の仕事をしているんだろう。

ウロウロしていたら、大和屋の人たちや道行く人に不審そうに見られたから、ぼくはあわてて細い路地に入りこむ。

大和屋の塀に沿って歩きつづけてると、木の扉があった。きちんと閉まっていなくて、ちょっと扉がういている。

ラッキー！　駆けよって扉に手をかけようとしたとき、中から勢いよく男の人が出てきて思いきりぶつかってしまった。男の人の手から薄紫色の花が描かれた、上等そうな風呂敷包みが落ちる。

「ああ、くそ。」

男の人は舌打ちしながら、すばやくうしろ手で扉を閉めた。

「ごめんなさい。」と風呂敷包みを拾いあげたぼくはぎょっとした。

大柄な男の人は、頭からかぶったこげ茶色の布で目から下を隠していて、すごくあやしい。ぶつかった衝撃ではずれた布を、甲に火傷あとがある左手でいそいで巻きなおしている。太い眉、ぎょろっとした目、大きく目立つほおぼね、きたなくのびたアゴヒゲ。着ているものもよごれが目立つ。キレイな風呂敷包みと大ちがいだ。

布を巻きおえると、「よこせ！」と火傷あとのある左手でぼくの手から風呂敷包みを乱暴に引ったくり、ぼくをジロリとにらみつけた。

「坊主。見たな?」

低い声で言いながら、男が懐から短刀を取りだす。

ぼくは息をのんだ。

逃げなきゃ! と思うのに足がガクガクとふるえる。助けをよぼうと思っても、声が出ない。

男が短刀のサヤをはずし、にぶく光る刃先が見えたとき——。

塀のむこうから「お篤、ちょっと!」という声と「はい!」という返事が聞こえた。パタパタと近づいてくる足音も聞こえた。

お篤ちゃんだ! 塀のむこうにいる!

こわばる口を開いて大声を出そうとしたとき、男は背なかを向け、ぼくが歩いてきたのとは反対の方向に走っていってしまった。そのうしろ姿が完全に見えなくなってから、ぼくはヘナヘナと塀にもたれてすわりこんだ。

助かった……とホッとしたとたんに、涙がにじむ。

やっぱり江戸時代はこわい! すぐにでも帰りたい……!

身体のふるえがとまらなくてすわりこんでいたら、通りがかったおじさんに「どないした？　気分でも悪いんか？」と声をかけられた。

「いえ、大丈夫です。」

がんばって立ちあがると、おじさんも「そうか。」と安心したようにほほえみかけてくれる。そのおじさんがぼくの腰のところを見て顔色を変えた。

「坊。その矢立て、ちょっと見せてくれんか？」

「やたて……。」

おじいちゃんにもらった筆記用具のことだ。腰のところでブラブラとゆれていた矢立てを、男の人は「失敬。」と言って手に取ると、じっと見つめた。

ぼくも相手を観察する。おじいちゃんとお父さんの間ぐらいの年に見える。白髪まじりでちょっと太めのその人は、上等そうな着物を着ていたけど、袖にもえり元にもかわいた墨がこびりついていた。

書道のおけいこでもしていたのかな、と思っていたら、「これ、どこで手に入れなすった？」と聞かれた。

「おじいちゃんが古道具屋さんで買ったものをもらいました。」

「古道具屋で……。」

矢立てをじっと見つめていたおじさんは、真剣な表情でぼくを見た。

「坊や。これをワシに……。」と言いかけて、「いや、やめておこう。では。」と矢立てを返して、行ってしまった。「これをワシに。」の後は、「ゆずってくれ。」と続けたかったのかもしれない。

「値打ちのあるもんなんやろか。」

ぼくにはさっぱりわからない。

そのとき、塀のむこうから「知らんわけないでしょう！」という大きな声がした。

扉を少し開けて中をのぞくと、お篤ちゃんが女の人と向きあって立っていた。お篤ちゃんはこまりきった顔、女の人は険しい表情だ。女の人は美人だけど、目がつりあがっていてこわい。

「お客さまが出かけはった後、部屋に入ったんはアンタだけや！　その後は、だれも行ってへん。盗んだんはアンタしかおらんやろ！」

盗んだ、という言葉に、ぼくは顔をしかめた。

「行きましたけど、たのまれたよごれ物を取りにいっただけで、お客さまのモンに手ぇつけたりしてません！」

　女の人はフンと鼻で笑った。

「アンタ、お客さんの風呂敷見て、キレイやなぁって見とれてたやろ。それに、知ってんねんで。番頭はんにほかしとけ言われたもん、くすねてること！」

　お篤ちゃんが泣きそうな顔でうつむいた。ほかしとけ、と言われたのは、木の穴に隠している古着のことだろう。

「でも、お客さまの風呂敷包みはほんまに知らんのです。私がお部屋に入ったときはまだありました！」

　ぼくはさっきぶつかった男のことを思いだした。顔をかくそうとしたり、短刀を出してきたりして、すごくあやしかった。あいつが犯人かも……！　ぼくは思わず、中に飛びこんだ。

「ぼく、さっきあやしい男を見ました！」

「平太はん……？　なんで、ここに……。」

「お篤ちゃん、大和屋さんにいるって言うてたから、地図見ながら来てん。」

　お篤ちゃんは「そうやったの。」と少しうれしそうな顔をした。そこに女の人がこわい顔で割りこんでくる。

「アンタ、だれやの？　もしかして……お篤、この子に盗んだ品、わたしたんやろ！」

「ちがいます！」

　ぼくとお篤ちゃんが声をそろえて言ったとき、「なんやの、やかましい！」とまた別の女の人がやってきた。お母さんと同じぐらいの年だけど、お母さんよりも背が高くて目つきがするどい。

「お里はん……。」とお篤ちゃんがおびえたような顔でつぶやいた。お篤ちゃんをしかっているのはこの人か、と思ったら、ぼくまでちょっと緊張してしまった。

　お里さんは、お篤ちゃんとぼく、そして、最初の女の人をじろっとにらんだ。

「お千代。どういうことやの？」

　お千代とよばれた女の人は、お客さんの部屋から荷物がなくなったこと、その部屋に入ったのはお篤ちゃんだけだから、盗んだのはお篤ちゃんだと決めつけるように言った。

「私やありません！　そんなことしません！」

　必死でうったえるお篤ちゃんに、ぼくも重ねて言う。

「ぼくも見たんです！　さっき、あやしい男の人がここから出てきた！　こういう柄の風呂敷包み、持ってました。」

落ちていた小枝を拾うと、ぼくは地面に風呂敷に描かれていた花を描いた。紫色で少し筒状になっている花だ。

お里さんとお千代さんが地面を見つめる。

「へぇ、うまいもんやね。たしかに、桔梗の柄の風呂敷やったわ。」

「お篤から受け取って、しっかり見た証拠やないですか！」

お千代さんが鼻の穴をふくらませて言う。

「まあ、ちょっと待ち。」とお里さんはお千代さんをなだめると、ぼくを見つめた。

「坊。その男の顔は見たんか？　どんな顔やった？」

「えっと。背が高くてこわい顔でした。」

「こわい顔て。そんなんだけではわかるかいな。」

「ほら、やっぱり、そんな男なんておらへんのやわ！　お里はん、この子らグルですわ！」

お千代さんがわめく。しっかり覚えてるのにくやしい。お篤ちゃんが不安そうにぼくを見た。

どうしたらわかってもらえるんだろう、と思っていたら、お里さんが折りたたんだ紙を取りだした。

「坊。これに描いてみ。顔とか背格好……覚えてることなんでも、な。」

絵に描けば、わかってもらえる！

ホッとした瞬間、磯部くんの泣き顔がうかんだ。そうだ……絵は描かないって決めたんだった。

紙をにぎったままのぼくを見て、お里さんが「なんや、描かれへんのかいな。やっぱり信じられへんなぁ。」と言った。

「お千代、大和屋に盗っ人がおるって番屋に知らせといで。」

「お里はん……！」

お篤ちゃんが泣きそうな声をあげた。ぼくが描かなければ、男の存在も、お篤ちゃんの無実も信じてもらえない。

江戸時代やし、人助け！　今回だけは例外！

「男の顔、描きます。描くもん貸してください。」と手を出すと、お里さんにフッと笑われた。

「描くもんやったら、持ってるやないの」

あ、そうか。

ぼくはあわてて、矢立てをにぎると、おじいちゃんがしていたようにフタを開け、細い筆を取りだす。おじいちゃんが綿に墨汁を染みこませてくれたから使えるはずだ。

地面に紙を置いてその前に正座した。机もないし、墨で絵を描いたこともないし、うまく描ける自信なんてなかった。

でも――。ぼくはお篤ちゃんを見上げた。不安そうな顔だ。

お篤ちゃんはぼくが助けるんや……！

目を閉じて静かに深呼吸をすると、閉じた目の奥に、さっき見た男の姿がくっきりとうかびあがってきた。

目を開けたぼくは、勢いよく筆を走らせた。


「見れば見るほど、よぅ描けてるなぁ。」

ぼくが描いた人相書きを手に、感心したようにうなずいているのは新左さんだ。

「特にこのぎょろっとした四角い目と、手の火傷あと！　こら、見たら一発でわかるわ。」

ぼくを役人につきだそうとしたことなどわすれているのか、新左さんはニコニコと親しそうにぼくの肩をたたく。

疑いが晴れたお篤ちゃんはお里さんに言われて、似顔絵を持った番頭さんといっしょに役人へ知らせにいった。男を目撃したぼくが連れていかれなかったのは、お篤ちゃんのおかげだ。

番頭さんとお里さんが話をしている隙に、お篤ちゃんはぼくの地図を指さして、「ここで待っていてください。あとで行きます。」とささやいたのだ。

それは口入れ屋の新左さんの家だった。新左さんの家は小さな家がたくさん集まっている長屋にあって、家の外で奥さんのお咲さんが煮物を売っている。入り口の引き戸を開けてすぐの土間のカマドには大きな鍋がのっていて、クツクツと煮物が音を立てていた。通された奥の部屋には甘じょっぱい、おいしそうな匂いがこもっている。

ぼくが着いたとき、情報通の新左さんは大和屋で盗みがあったことも、ぼくが描いた人相書きで、古着屋で風呂敷や着物を売ろうとしていた五作という男が捕まったことも知っていた。お千代さんが犯人を手引きしていた、ということまで！　電話もインターネットもないのに、すごい……。

「人相書きが手に入らんかったんや。見たいから描いてくれ！」

新左さんにそうたのまれたときに磯部くんの顔がまたうかんだけど、さっき描いてしまったから断りづらい。お里さんからもらったものよりも質の悪い、ザラついた紙になんとか同じょうに描いた。

人相書きに満足した新左さんは、「絵のお礼に。」と、蒸したサツマイモをくれた。

「めったに手に入らん貴重な品やぞ。昨日お篤の村に行ったときに買ぅてきたんや。」

「尼崎、やったよね？」

江戸時代でもイモ……とうんざりしたものの、貴重とか、お篤ちゃんの村でつくったもの、なんて言われると興味がわいてくる。

「でも、サツマイモってそんなに貴重かなぁ……？」

現代では、八百屋さんやスーパーに行けばふつうに売ってるのに。

「アホ、高いんやぞ。あんまりつくってるトコがないしな。お篤の村は海に近いから、うまいイモができるんちゃうかっていろいろ試してるらしいわ。」

蒸したてのサツマイモはおいしかった。ただ、お昼にお母さんが揚げてくれたサツマイモとちがってそんなに甘くない。ここのイモは細いし、中も薄い黄色だ。江戸時代と現代ではサツマイモもちがうのかな？　と考えながら食べているぼくに、新左さんが不意に顔を近づけた。

「お篤と話しててんけどな、おまえ……隠密やろう？」

「オンミツ？」

首をかしげるぼくに、「とぼけんでもええって。」と笑った新左さんは、左手の人差し指を立てた。その人差し指を右手でにぎり、右手の人差し指を立てる。

「忍びの者、ドロン、と消えゆき、その行方は知れず～。」

変な節をつけて言われて、「あっ。」とぼくは声をあげた。

忍者だと思われてるんだ！

前に番屋に連れていこうとしたとき、ぼくがまぶしい光に包まれて、お篤ちゃんたちが目を開けるといなくなっていた。あれは忍術を使ったにちがいない、と考えたそうだ。

オナラには気づかれてなくて、よかった。

「ほんで、だれの命で何をさぐりにきてるんや？　あ、いや、言うたら隠密失格やわな。」

一人で納得している新左さんに「お千代って人が泥棒の仲間やったってほんま？」とたずねると、新左さんは大きくうなずいた。

「お千代と五作は恋仲やったんや。五作が博打で借金こさえてな。せやから、二人で客のもん盗んで金にしようと思ったらしい。」

そのとき、お篤ちゃんが息せき切ってやってきた。

「おじゃまします。」とお咲さんに頭を下げて入ってきたお篤ちゃんは、ぼくを見て笑顔になった。やっぱり、カワイイ。さっきみたいに泣きそうな顔よりも、こんなふうに笑ってる顔のほうがぜったいにいい。

「お篤。俺らが正体を知ってるってこと、平太に話したで。」

お篤ちゃんはうなずいてぼくの前にすわった。ぼくもすわりなおしてお篤ちゃんに頭を下げる。

「お篤ちゃん、さっきは逃がしてくれてありがとう。」

「ううん。私こそ。平太はんがおらんかったら、泥棒やって疑われたまンまやった。」

おおきに、とお篤ちゃんは深く頭を下げた。そして、「あの……お願いがあるんやけど。」と言いながら、懐から紙を取りだした。

「泥棒のこと、絵に描いてもらわれへんやろうか？　かわら版屋さんに見せたいねん。」

かわら版というのは、江戸時代の新聞のことだ。

「何枚かの紙を使って、ああなって、こうなってって順番に絵を描いていくってこと？　それとも、紙を四つぐらいに区切って描けばいい？」

ぼくの頭にうかんだのは、紙芝居と4コママンガだった。

「一枚の紙に一つだけ、絵に描くんは無理やろか？」

「できる、とは思うけど……。」

図工の授業で、画用紙一枚に昔話を描く、というのをやったことがある。問題は紙だ。半紙では小さすぎる。

「二枚ならべた大きさやったら、描けるかも。」

ぼくがそう言うと、お篤ちゃんはお咲さんにもらったご飯粒で、二枚の紙を貼りあわせてくれた。お米がのりの代わりになるんだ！

のりがかわく間、ぼくは紙を見つめた。風呂敷を持って逃げる五作、泥棒とさけんでいるお篤ちゃん、お里さん。こわい顔でお篤ちゃんをにらんでいるお千代さん。そして、逃げる五作にビックリして尻もちをついている少年……つまり、ぼく。少年には、紙と筆を持たせてみた。

逃げる五作がいちばん大きくなるように気をつけて、一気に描きあげた。筆を置くと、お篤ちゃんと新左さんだけでなく、シャモジを持ったお咲さんまで絵をのぞきこんでいる。

「すごいわぁ。ほんまに上手やね、平太はん。」

「ほんま、すごいわ。アンタ、ほら、あの泥棒の悪い顔！」

「お千代の顔がいちばんええで。なんか企んでそうや。」

ひさしぶりに絵をいっぱいほめられて、ぼくはくすぐったくなった。

「でも……いくら平太はんが隠密や言うたかて、心配やわ……。捕まった五作って人の仲間がほかにおったら、仕返しされるんやないやろか？」

お篤ちゃんが心配そうに言う。五作のするどい目や、にぶく光る短刀を思いだして、ぼくはぶるっとふるえた。

実際は忍者ではなく、ただの小学五年生だ。泥棒の仲間から逃げきる自信はない。ぼくはゆううつになった。

「お篤、飯食うていくか？」

「ううん、もどらなあかん……お千代はんがおらんようになったから、人手が足りひんのよ。」

「お、人手が足りんか？　よっしゃ、明日にでも新しい奉公人連れてくわ。」

そう話している二人の横で、ぼくはお腹をおさえた。お腹がはって、お尻の穴がヒクヒクする。オナラがしたい。さっき、ふかしイモを食べたし、お昼にもイモの天ぷらをたくさん食べた。

じんわりと背なかに汗がにじむ。この前は外だったけど、今度は家の中。ここでオナラをしたら、バレてしまうだろう。

「あの、新左さん。トイレ……やない、えーっと便所はどこですか……？」

「便所……？」

不思議そうな顔をした新左さんは、ぼくがお腹をおさえているのに気づくと「ああ、雪隠のことか。ここ出て左に歩いたら井戸がある。その前にあるわ。」と教えてくれた。

そうか、家の中じゃなく、外にあるのがふつうなんだ！

「ありがとうございます。」

オナラをがまんしながら、ワラジをいそいではく。新左さんの家を出たぼくは、教えられた方向にそろそろと歩きだした。

長屋はマンションなんかよりもずっとにぎやかだ。表戸は開けっぱなしで、外に置いた台に腰をかけてニンジンの皮をむいたり、縫物をしながらおしゃべりしている女の人たちがいて、子どもたちが走りまわっている。

見知らぬ顔がめずらしいのか、チラチラ見られて気まずい思いをしながら、ぼくはオナラが出ないように慎重に歩きつづける。

井戸が見えてホッとしたときだった。物陰から現れた人影がぼくの前に立ちふさがった。若い男だ。背が高くて身体はがっしりしている。髪をうしろでくくっていて、目がキリッとしていて……すごくカッコイイ人だった。

でも、黒く光る目が冷たく感じた。何より、左目の下からほおにかけて、刃物で切られたような傷あとがあって、五作がぼくにつきつけた短刀を思いだしてこわくなった。

「おい、おまえ。」

男はぼくの腕を引っぱると顔を近づけ、小声で聞く。

「大和屋で人相書きを描いた小僧やな？」

お篤ちゃんが言ってたとおりだ！　五作の仲間が仕返しにきた！

男の手をふりはらって、元来た道を逃げようとしたら、えり首をつかまれた。

「待て！　聞きたいことがある！」

ぼくにはない、とさけぶために身体を男のほうにひねったとき――。

ブゥ！　とオナラが出てしまった。パァッとぼくの足元が光る。おどろいた男がつかんでいたえりをはなし、ぼくはバランスをくずした。まぶしい光がせまり、ぼくはぎゅっと目をつぶった――。

5 学級新聞コンテスト

気がつくと、ぼくは納戸の床にすわっていた。

フローリングに手をついたまま、ぼくは大きく息を吐きだす。床は新左さんの家のすり切れた畳よりもきれいで快適だけど、やけにひんやりと感じた。

ちゃんともどってきた！　とホッとしたけど、五作の仲間におそわれかけた恐怖で、心臓がまだバクバクしている。

心臓がなんとか落ち着いてきたところで、ぼくは考えた。

江戸時代に行った二回ともオナラをしたら現代にもどってきた。だから、多分――うん、きっと、また行っても、オナラをすればもどることができる。あぶない目にあっても、オナラがあれば大丈夫！　刀を持たないぼくにとって、これはすごい武器だ。

ただ、わからないのは行き方だ。二回とも、この冊子の白紙のページが光った気がする。

光るページをさがして、冊子をめくっていたぼくは、「えっ。」と声をあげた。前に見たとき、文字の練習の後ろは白紙だったはずなのに、見覚えのある絵があった。

四角い目でぎょろっとこちらをにらんでいる男。ぼくが描いた五作の人相書きだ。それも、新左さんの家で描いたものだった。大和屋で描いたものより紙がザラついているからまちがいない。ザラついて墨がところどころかすれてしまうから、なぞりなおした部分がいくつかある。

どうして、あの絵がここに、と不思議に思いながらめくったページにも、前にはなかったものがあった。大きすぎて半分に折りこまれている紙だ。

「ええ！」

紙を開いて、ぼくはまた声をあげた。捕物の絵だった。お篤ちゃんにたのまれて描いたものと同じものだけど、紙を二枚のりづけしたものではなくて、一枚の紙だ。おまけに、絵の端や隙間にたくさん文字が書かれていた。もちろん、ぼくが書いたものじゃない。

筆で書かれていて、しかもミミズがはったみたいなウネウネした字で、何が書いてあるのかわからない。

その後はまた白紙のページだった。ぼくは冊子を閉じると、表紙をじっと見つめた。この冊子は、新左さんとお篤ちゃん、どちらかのものかもしれない。お篤ちゃんのだったらいいなぁ。

トイレに行ったきりもどってこないぼくを、二人は心配しているだろう。特にお篤ちゃんは、五作の仲間を気にしていたから、早くもどって安心させたかった。目の下に傷のある、あの男はこわいけど、捕まってもオナラをすればいい。

ぼくは自分の部屋から布製の袋を持ってきた。図工の作品を持ち帰るための袋で、ワラジを入れた袋と矢立て、地図と冊子を入れても余裕があった。この袋を持っていれば、いつ江戸時代に行っても安心だ。

診察からもどってきたおじいちゃんに絵が現れたページを見せると、「ううーむ、どういうことや?」と首をかしげた。なんでも知ってるおじいちゃんにもわからないらしい。

「それにしても、泥棒に人相の悪い男、か。オナラかて、自由自在に出せるもんやないから、気ぃつけるんやで。ほかに気になったことはあれへんか?」

「ほかに……あ、江戸時代でサツマイモ食べてんけど、細いし、あんまり甘くなかった。新左さんは高級品って言うてたけど、ほんまかなぁ。」

ぼくの言葉におじいちゃんは笑った。

「江戸時代は今みたいに甘(あま)いモンがあちこちにあふれてるわけやないからな。新左さんたちにはそのサツマイモでも十分、甘(あも)ぉ感じたはずや。」

おじいちゃんは最近使いはじめたスマートフォンを取りだして、スイスイッと指を動かすと、「おお、これやな。」とうれしそうに言った。

「お篤ちゃんの生まれた尼崎(あまがさき)に、尼(あま)イモいう特産品があるわ。」

「アマイモ……甘い、イモ？」

「尼崎の尼、らしいで。料亭(りょうてい)で使われるぐらいの高級品やったらしい。」

「新左さんは、尼イモやなしに、サツマイモって言うてたよ？」

「どこでできたイモか、名前でわかるようになってたんやろう。中国(ちゅうごく)——唐(とう)でつくられて琉球(りゅうきゅう)——沖縄(おきなわ)に伝わったときは唐(から)イモ、琉球から薩摩(さつま)——鹿児島(かごしま)に伝わったときは琉球イモ。薩摩でつくられるようになったら、サツマイモって具合にな。尼崎でつくられたイモは尼イモってよばれてたそうやけど、お篤ちゃんらがまだ知らんねやったら、尼崎でイモが特産になるんは、お篤ちゃんらのもう少しあとの時代かもしれんなぁ。それにしても。」

おじいちゃんは目を細めて、また冊子(さっし)をめくった。

「やっぱり平太(へいた)は絵がうまいなぁ。前はよぅ見せてくれたけど、最近は描(か)いてへんのか？」

「う、うん、ちょっといそがしくて。」

ぼくはそうごまかして自分の部屋にもどった。

その夜、ぼくはお姉ちゃんから便箋と封筒をもらった。磯部くんに手紙を出してみようと思ったのだ。

でも、『磯部くんへ』と書いたところで止まってしまった。仲直りはしたいけど、ぼくの絵でイヤな気持ちになったことを思いだすかもしれないと思ったら、なんて続ければいいかわからない。

ぼくは書きかけの便箋と封筒を、そのまま引き出しにしまった。


月曜日の放課後、新聞係全員参加で始まったミーティングは大荒れだった。「学級新聞コンテストに出す。」と言うみちるに、小山田くん、田上くん、宮原さんたち三人が大反対したのだ。

「俺らが書いた記事、ボツにしたん、みちるやろ？　それが今さら、俺らにも記事書け、言うんはおかしいやん。」と田上くんが言えば、「私のファッションアドバイスの企画、小学生らしないってボツにしたん覚えてる？　友だちとか妹はおもしろいって言うてくれたのに！」と宮原さんも口をへの字にする。

小山田くんまで「ぼくも、コンテストのために記事を書けって言うんは、自分勝手すぎると思う。」とメガネを指でおしあげながら言った。

気まずい雰囲気が広がる。

「ほんなら、これでこの話は終わり！」と田上くんが言い、三人は出ていってしまった。

「……緒方くんも、帰ってええよ……。」と消え入りそうな声でみちるは言ったけど、ぼくは首をふった。

「締め切りはまだ先やし、三人を説得しよ。アイデアはみんなで出しあって、記事にするかどうかは多数決にしたら、三人もやってくれるんやないかなぁ。」

「多数決やと、ふざけた記事ばっかりになりそうやわ……。」

みちるが暗い顔をしたとき、ガラッと教室の戸が開いて、髪の毛がちょっとクルクルしている男の子が入ってきた。二組の子じゃないな、と思ったらみちるが勢いよく立ちあがった。

「ちょっと、佐藤蓮！　なんの用よ！」

「偵察ですぅ。」

佐藤蓮は涼しい顔で言い、教室を見まわす。

「二組も今日、新聞係のミーティングするって聞いてたけど、宮原さんら、おらんやん。」

「宮原さんたちは」帰った、と言いかけたぼくの言葉を、みちるが「宮原さんたちは取材！」とさえぎった。

ニヤニヤ笑いながら蓮が言う。

「へぇ、取材。どんな記事になるんか楽しみやわぁ。あ、そうそう。もうちょっとしたらうちの最新号、出るからもらってな。」

ぼくたち二組の二か月に一回発行とちがい、一組は毎月発行だそうだ。

蓮がぼくをじろっと見る。

「ほんで……その子も新聞係？」

「そうよ、転校生！　めっちゃ絵がうまいんやから！　前の学校で金」

「みちる！」

ぼくは大いそぎでみちるの言葉を止めた。金賞のことは……あの絵のことはほかの人には知られたくない。

みちるも事情を思いだしたのか、手を軽く上げた。「ごめん。」ということだろう。

そんなぼくたちを険しい表情で見ながら、蓮は「学校イチおもんない二組の新聞が、どんなんになるか今からめっちゃ楽しみやわ！」と吐きすてるように言って、教室から出ていってしまった。

めちゃくちゃ感じ悪い。みちるが嫌うのもよくわかる。

みちるも、鼻の横にむぅっと深いしわをよせている。

「緒方くん！　ぜったいにおもしろい新聞つくろ！　さっきの、多数決でええよ！　五年二組の新聞係の底力見せてやる！」

勝てるわけがないと決めつけている佐藤蓮には、ぼくもかなりムカついていた。

「うん、がんばろう！」

ぼくとみちるは、がっしりと握手をした。

みちるが先生から、学級新聞コンテストのチラシをもらってきた。

コンテストでは、地域で上位になったチームが全国大会へ行く。地域によって、何位までが行けるかはちがっていて、大阪は三位までだ。順位は、児童と先生とＰＴＡ、近所の人たちに投票権があるらしい。

「へぇ、賞品がかなり豪華やね。これで田上くんたちを説得でけへんかな……？」

一位は図書カード（もちろん人数分）と、コンテストを共催している小学生新聞が一年間無料で購読できること、小学生新聞に特別記者として参加できる権利。さらにデジカメも（これはチームに一台）贈られる。

二位と三位は図書カードと小学生新聞一年間の無料購読。ほかにも特別賞や学校全体に送られる学校賞、ユーモア賞もある。

みちるが図書カードを指す。

「これなんか、小山田くんが喜びそうやない？　いっつも本読んでるもん。」

「宮原さんと田上くんは？」

「マンガとかファッション誌、サッカー雑誌も買えるから……大丈夫やない？」

次の休み時間、ぼくたちは賞品がならんだチラシを持って、本を読んでいる小山田くんの席へ行った。

「へぇ、こんなん、もらえるんや。」

小山田くんは図書カードではなく、デジカメに反応した。お父さんにたのんでも、「小学生にデジカメは高価すぎる。」と買ってもらえないらしい。

「まあ、でも、一位は無理やわ。取れるわけない。」

読書にもどろうとした小山田くんに、ぼくは「宝くじと同じやと思うねん。」と言った。

「はずれることもあるけど、当たることもある。でも、買わへんかったら当たらへん。新聞コンテストかて……出さへんかったら賞は取られへんけど、出したら賞取れる可能性はゼロやない。」

小山田くんは少し考えてうなずいた。

「それもそっか。うちのお母さんも、いっつもそう言いながら、宝くじ買ぅてるわ。」

小山田くんはぼくとみちるを見くらべながら、言う。

「もし……一位になってデジカメをもらったら、自由に使わせてもろてもええ？」

「ええよ！」

ぼくとみちるの声が重なった。

宮原さんはチラシを見たとたん、「うわ、マジで？　すごい！」と一人で興奮しはじめた。

「ねぇ！　一位の賞品の『特別記者』ってチーム全員がなれるんよね？　じゃあ、やる。一位取ろう！」

宮原さんは鼻息荒く宣言した。どうして急にやる気になったんだろう、と不思議に思ったら、「あ、そっか！」とみちるが声をあげた。

「ここの小学生新聞でナナちゃんがコーナー持ってるもんね。」

「ナナちゃん……？」

みちるの言葉に、ぼくと小山田くんは顔を見あわせた。

「ティーンズモデルの藤間ナナちゃん、知らんの？」

「知らん……。」

「もう、これやから男子は！　ほら、これがナナちゃん！」

宮原さんは手帳を出してきた。カバーには、テレビで見たことのある女の子の写真がはさみこまれていた。

「同じ新聞にのったら、ナナちゃんが見てくれるかもしれんから……やる！」

宮原さんがみちるに向きなおった。

「みちる。せやから、私の企画、ボツにせんとってよ。」

「今回は書きたい記事とか特集、多数決で決めるつもりやから。」

「ほんなら、この前ボツになったファッションアドバイスの企画、もう一回出す。どうしてもやってみたいねん。」

めちゃくちゃはりきっている宮原さんに、ぼくらはホッとした。

小山田くんも宮原さんもやる気になってくれたから、田上くんも「やる。」と言ってくれるだろうと思ったけど、甘(あま)かった。

田上くんはチラシを見て、「物で釣(つ)るん?」とバカにしたように笑った。物で釣られた小山田くんが気まずそうに目をそらせ、宮原さんは「悪い?」とほっぺたをふくらませた。

「俺(おれ)、いっぺんイヤやて思ったら、もうイヤやねん。緒方も入ったんやし、俺、新聞係やめてもええんとちがう?」

そして、「次、特別教室やから移動(いどう)せんと。」と席を立ってしまった。

「どないする?　やめてもらう?　そうしたらすぐに新聞づくりにかかれるけど……。」

宮原さんの言葉に、みちるは首をふった。

「もうちょっと説得しよ。反対やからってやめてもらうんは、なんかちがうと思うもん。」

「でも、説得する時間で新聞つくったほうがええと思うけど。」

メガネをくいっと上げながら、小山田くんが言う。

今のところ、意見は1対2だ。三人がぼくを見る。争いごとが苦手なぼくは、お父さんがいつも家でやっている方法を試してみることにした。

「ぼくはみちるの意見に賛成。」

まずは数が少ないほうに味方をする。これで2対2。みちるはうれしそうな顔をして、宮原さんと小山田くんは不満そうな顔をした。

「でも、期限を決めようよ。田上くんを説得するけど、期限がすぎたら、宮原さんたちが言うように、ぼくらだけでやるっていうのはどう？」

期限を決めるなら、と宮原さんと小山田くんは賛成してくれた。


その日の最後の授業は五年生合同の特別講義だった。学校の先生ではなく一般の人に講師になってもらって、体験談やその人の得意な話をしてもらうのだ。

特別教室は広くて、サッカーのスタジアムみたいに席が階段状になっている。黒板の前にスクリーンを下ろして映像を観ることもできるらしい。

クラスで分かれてすわるように言われたけど、席は決まっていなかったから、いっしょに移動した新聞係はうしろのほうに固まってすわった。ぼくはみちると小山田くんの間、宮原さんはみちるの隣だ。田上くんは一列前の端っこ。通路をはさんだ一組の子としゃべっている。

入ってきた講師の先生を見て、ぼくはおどろいた。おじいちゃん！

「あー、丹羽のおじいちゃん先生や。」「オナラの先生！」と歓声があがり、おじいちゃんは上機嫌で手をふっている。この学校には、丹羽歯科医院に通っていた子が多いのだ。

「オナラの先生……？」

「歯の治療って痛くてこわいでしょ。泣いちゃう子もいるから、笑わせる道具をいろいろ使ってはったんよ。」とみちるが教えてくれた。みちるも小さいころに丹羽歯科医院に通っていたらしい。

「笑わせる道具ってなに？」

みちるは「言いたない。」と、ぷいっと顔をそむけた。

「ブーブークッションやで。」と小山田くんが笑いをこらえながら教えてくれる。

「じいちゃん先生のイスか、ぼくらのイスかはその時々でちがうけど、ブーブークッションを仕込んで笑かしてくれんねん。」

オナラ、と聞いてお篤ちゃんに会いたくなった。いつでも江戸時代に行けるように、冊子や矢立ての入った袋はこの特別教室にも持ってきているけど、行く方法はわからないままだ。

　もうすぐ始業のチャイムが鳴ろうというとき、おじいちゃんが「平太。」と手招きをした。

「ちょっと手伝うてもらうから、着かえてきてくれ。」

　わたされた紙袋の中には甚平が入っていた。学校で甚平を着るなんて変な感じ。

　授業が始まり、おじいちゃんは江戸時代の服装をスライドで説明した後、そのころの名残として甚平を着たぼくを前によんだ。

　おじいちゃんは、ぼくが肩にかけている矢立ての説明もしてくれた。おじいちゃんの説明に合わせて、ぼくがフタを開けたり、筆を取りだすと、どよめきが起きる。墨汁を含ませた綿に筆をおしつけ、おじいちゃんからわたされた半紙に「江戸」と書くと、「そうやって使うんやぁ。」「めっちゃアイデア商品やん。」と次々と声があがった。

　おじいちゃんに言われて、みんなに矢立てを見せてまわる。おじいちゃんは別の矢立てを反対側からまわしていった。

「緒方くん、見せて！」「筆出すの、やらせて。」と、次々に声がかかる。初めて話した子もたくさんいた。おじいちゃんは、ぼくが新しいクラスにあまりなじめていないのを知っていたのかもしれない。

矢立ての説明が終わると、ぼくは甚平を着たまま、席にもどった。

おじいちゃんは行灯という明かりや、職業の話もした。前に説明してくれた米ふみ、新聞をつくるかわら版屋、文字が書けない人のために履歴書や書類を代筆する代書屋……。

授業が終わり、ぼくは教卓で小道具を片づけているおじいちゃんのところに行った。

「おもしろかった！　同じ日本やのに、知らんこといっぱいあるんやね。」

「そうか。ほんならまた、授業しに来んとな。」

おじいちゃんは細い目をさらに細めて喜んだ。

そのとき、教室のうしろでさわぎが起きた。

宮原さんが何かの紙をにぎりしめ、一組の女の子に向かって「なんでこんなことすんの？」と怒っている。

もめている原因は、一組の学級新聞だった。最新号に、ファッションアドバイスのコーナーがある。宮原さんがやりたい、と言っていたものだ。

「私のアイデア、使うなんてひどいわ！」

「宮原さん、ボツにされたって言うてたから……。」

「そうそう。それに、そんなネタ、だれでも考えるやろ。」

口をはさんだのは、一組の佐藤蓮だ。

「捨てたネタ拾って、何が悪い？　ゴミみたいなネタ、こうやって記事にしてんから、喜んでほしいぐらいやわ。」

ゴミみたいなネタと言われて、宮原さんは「ひどい……。」と顔をゆがめた。目から涙がボロボロこぼれる。いくらなんでも、言いすぎや。ぼくは思わず、宮原さんたちのところへ駆けよった。

「ちょっと、なに偉そうに言うてんのよ！　あやまりぃよ！　ひどいこと言うたことと、勝手にネタ使ったこと！」

静まりかえった教室の中で、宮原さんの前に守るように立ったみちるの凛とした声がひびく。

蓮が息をすぅっと吸って、みちるをにらみつけた。

「それやったら、おまえもあやまれや。」

「え……？」

「ゴールデンウィーク！　おまえの父親がミスしたせいで、うちのお父さんまで休みがなくなって、俺の野球大会来れんかってんで！　初めてレギュラー取れたのに！」

みちると蓮のお父さんは同じ会社で働いていて、二人は同じ社宅に住んでいるらしい。

「おまえこそ、父親の代わりに俺にあやまれや！」

蓮がみちるの肩をドンッとおした。その拍子にみちると、そのうしろにいた宮原さんがよろける。ぼくはあわてて二人をささえた。

「おい、うちのクラスの女子に何してくれてんねん。」

肩を怒らせた田上くんが、ほかの子たちをおしのけて近づいてくる。背が高い田上くんに、蓮が少しひるんだ。

「先にうちの新聞に文句つけてきたん、そっちやろ！　おもんない新聞のボツになった記事、うちで再生したってんぞ。」

「盗んどいて、なんやねん、それ！」

田上が拳をにぎってふりあげる。

なぐったら、あかん……！

ぼくはとっさに両手をのばして、田上くんの腕をつかんだ。おどろいた田上くんが身体ごとふりかえり、田上くんの腕にぶら下がる形になったぼくは、横にいた小山田くんとぶつかった。

肩にかけていた布の袋の持ち手が片いっぽうの肩からはずれ、その拍子に飛びだした冊子がバサッと床に落ちる。

「あ！」

せまいスペースに何人もの生徒がいる。ふまれる！　あせって冊子に手をのばそうとしたとき、開いたページが光った。だれかの足につまずいたぼくは、その光に頭からつっこんでいった——。

6　象さまのお通り

鳥のさえずりと、遠くで馬がいななく声にあわてて目を開ける。

電線も高い建物もない、飛行機も飛んでいない青空が見えた。

江戸時代に来るのも三回めだから、ぼくは冷静だった。上ばきと靴下を脱いで、袋に入れる。袋を肩にかけ、すわってワラジをはいていると、うしろから両肩にポンと手を置かれた。

ふりかえると、男が立っている。目の下からほおにかけての傷あと！　五作の仲間だ！

「うわ！」

いそいで男からはなれようとしたけど、両肩をしっかりおさえつけられ、立つこともできない。

男は右肩に手を置いたまま、ぼくの横にしゃがんだ。

「これ、おまえが描いたんでまちがいないな？」

胸元から出したのは四つ折りの紙。五作の人相書きだ。ぼくは必死で首を横にふる。

「正直に言え！　新左とお篤から聞いてんねんぞ。」

低い声に、ぼくはふるえあがった。

「ぼくが、か、描きました……。」

やっぱり、絵なんか描くんやなかった……。

男は、後悔しているぼくの腕をつかんで立ちあがらせた。

「いっしょに来てもらうぞ。」

ぜったいに殺される！　殺されるとわかっているのに、素直に行けるわけがない。

引っぱっていこうとする男に抵抗してふんばりながら、ぼくは必死で下腹に力を入れる。

オナラ！　オナラさえ出れば、現代にもどれる！

でも——。

「出ぇへん……。」

ぼくは肩を落とした。そういえば、今日の給食にオナラが出そうなものはなかった。

「往生際、悪いなぁ。」と薄く笑った男が、「あのな、俺はな。」と顔を近づけてきたから、
ぼくは肩にかけていた袋を男の顔に思いきりたたきつけた。

「ぶっ！」

袋の中身は服と上ばきと地図。でも、攻撃を予想していなかった男はよろけてぼくから手をはなした。その隙に駆けだす。

「こら、待て！　坊主！　話がまだ……。」

うしろで何かさけんでいたけど、ぼくはふりかえらずに必死で走った。


とにかく、イモだ！

人が大勢行き交う大和屋の近くまで走ってくると、ハアハアと荒い息をつきながらぼくはあたりを見まわした。饅頭に醬油、お酒——食べ物をあつかう店も多いのに、サツマイモを売っている店はなかった。お咲さんがふかしイモを売っていたことを思いだしたけど、あの男がいるかもしれないと思うと、こわくて長屋には行けない。

やっと一軒、「煮売り」という看板を出している店で、ふかしイモを売っているのを見つけたけど、よく考えたら江戸時代のお金なんて持ってなかった！

ぼくは大和屋の裏口に走った。「尼イモは料亭で出されてた。」とおじいちゃんが言っていたから、大和屋にあるかもしれない。

裏口の木戸をそうっと開けて中の様子をうかがうと、お篤ちゃんが井戸から水をくみあげているところだった。

お篤ちゃんは汗だくで、かなり大変そうだ。現代なら駅やお店のトイレで手をかざすだけで水が出るところもあるのに、江戸時代は不便だなぁ、と思っていたら、お篤ちゃんがぼくに気づいた。

「平太はん！」と濡れた手をふる。中に入ると、前かけで手をふきながらお篤ちゃんが駆けよってきた。

「よかった、無事やった！　この前、また突然消えはったから、心配してたんです。」

「えーっと、急にお役目が入って。」

カッコつけてしまった。一度、お役目って言ってみたかったんだ。

「そうや！　あの隠し場所にワラジ入れてくれはったん、平太はんやんね？　新しいて立派なもんやからおどろいたわ。おおきに。」

「ううん、ぼくもあれ、もらいもんやから。」

「でも、うれしかった。……今日はどないしはったんです？」

「お篤！　仕事ほったらかして、なに、油売ってるんや？」

お里さんが中から出てきた。

「あ、すんません！」

「ぼくも手伝うよ。」と縄のついた桶を手にしたけど、使われていない古い井戸を遠足のときに見ただけだから、使い方がわからない。

困っているぼくを見て、お篤ちゃんが不思議そうに首をかしげた。

「平太はん？　釣瓶を落とさんと……。」

「ツルベ？」

なんで急に、テレビに出ているお笑いの人の話になったんだろう、とキョトンとしていたら、お篤ちゃんがぼくの手から桶を取り、井戸に投げこんだ。

あ、その桶のことを釣瓶って言うのか！

お篤ちゃんが井戸にぶら下がっているもう一本の縄をつかんで下に引くと、水が入った釣瓶がゆっくりあがってきた。

中の水を足元のたらいにあけ、また釣瓶を投げこむ。この繰りかえしで水をくむのだ。

「そっかぁ、持ちあげるより、下に引っ張るほうがラクやもんね」

感心していると、お里さんがおかしそうに笑いながら、ぼくに近づいてきた。

「そんなに井戸がめずらしいんか？」

「はい、使うの初めてで。」と言うと、「初めて……？」とお篤ちゃんとお里さんはけげんそうにぼくを見た。ぼくはいそいで話を変えた。

「あ、えっと……あ、そうや！　あのぅ、サツマイモ、ありませんか？」

「なんやの、とうとつに。そんなもんはなかなか手には……。」

「お里はん、新左はんから買ぅたサツマイモが。」

「もしかして、尼イモ？」

ぼくの言葉に、お篤ちゃんもお里さんもキョトンとした顔になった。

「あまいも？」

「うん、尼崎でつくったから、尼イモ」

「薩摩でつくったからサツマイモ、尼崎でつくったら尼イモになるわな。なるほどねぇ。」

「平太はん、すごい！　そんなん思いつくやなんて。」

お篤ちゃんとお里さんに感心されて、ぼくはあわてて手をふった。

「でも、それ、ぼくが考えたわけやないよ。」

お里さんは『尼イモ』という名前が気に入ったらしい。

「お篤。尼イモ持っといで。」と楽しそうに言い、お篤ちゃんが奥からサツマイモが三本のったザルを持ってきた。三本も食べたら、きっとオナラが出る。ぼくはホッとした。

「新左はん、最近うちの村によるたびに、サツマイモ……やなくて、尼イモ、手に入れてきてくれるんよ。」

お篤ちゃんの村でできたものなら、さらに効果がありそうと思ったぼくは、お里さんにたのんだ。

「あの、これ全部いただけませんか？」

「全部て……坊。アンタ、はらえるんか？　新左がちょっとまけてくれたけど、それでも高いんやで。」

そうだった、高級品——いくらぐらいするんだろう。それに、値段を聞いても江戸時代のお金を持っていないぼくにははらえない。

「ま、大人になったら買い。」

そう言うと、お里さんはさっさとイモを奥に持っていってしまった。ガッカリしていると、すぐに小さな皿を手にもどってきた。醤油色の煮物が少しのっていて、つまようじがそえられている。

「イモそのものは無理やけど、これはどないや？　イモのツルを炊いたもんやけど。坊の言葉を借りると、『尼イモのツルの炊いたん』やな。」

「ツルでも高価なんでしょう？」

おそるおそる聞くと、お里さんはニヤリと笑った。

「高価やから、ツルみたいにほかすもんでもぜんぶ使ぅてしまいたいんよ。ほら、ほかの人に見つからんうちに、ちゃっちゃと食べてしまい。」

「あ、そっか……ほんなら、いただきます。」

ツルでも効果がありますように、と祈りながら、わたされたつまようじでさして口に放りこむ。醤油の塩気とほんのりした甘味が口に広がった。

「あ、おいしい。」

ぼくの感想に、お篤ちゃんもお里さんもうれしそうに笑った。ご飯にのせて食べたいなぁ、と思いながら、あっという間にお皿をカラにしてしまった。

ありがとうございました、とお皿を返すと、お里さんは「ほら、お篤。休みは終わりや。早よ、水くんでしまいや。」と言って、中へもどっていった。

お篤ちゃんがふたたび水をくみはじめる。ぼくも隣にならんだ。

「お里さんって、前にお篤ちゃんがこわいって言うてた人やんね？」

水くみを手伝いながら、そうささやくと、お篤ちゃんは「うん、でも、もうこわない。お里はんが番頭はんに、ほかす着物とか紙があったらお篤にやってくださいってたのんでくれてん。」とうれしそうに言う。

「そっかぁ。お里さん、ほんまはええ人やったんやね。」

「うん。次の奉公先に行くときにええお給金がもらえるように、きびしぃしてたんやって。今度、読み書きのほかに、そろばんも教えてくれるって。」

読み書きという言葉で、冊子にうかびあがった人相書きと捕物のかわら版を思いだした。

「お篤ちゃん。ぼくが新左さんのところで描いた人相書きと捕物の絵、持ってる？」

「捕物の絵は、べつの人にあずけてしもて……。」

じゃあ、その人があの冊子の持ち主かもしれない。

「その人、平太はんに会いたがっててん。会わせてもええ？」

「うん、ええよ。」

冊子がだれのものか知りたかった。お篤ちゃんのものじゃなかったからって、粗末にするわけじゃないけど。

水くみが終わって夕方まで休憩をもらえたお篤ちゃんと、新左さんの長屋へ行った。ぼくに会いたいと言っているのは長屋の住人らしい。

「甚八のとこか？　俺も行く。」と飛びだしてきた新左さんといっしょに、新左さんの家から三軒奥、共同井戸の近くの家へ行った。

「甚八っつぁん。」とお篤ちゃんが戸をたたくと、中からぬっと人が出てきた。目の下に刀傷の……五作の仲間！

「うわぁ！」とぼくが大声をあげると、男は「何度も何度も……無礼なヤツやな。」と不機嫌そうな声を出した。

「こ、この人、五作の仲間やないんですか！」

お篤ちゃんと新左さんがふきだす。

「人相悪いもんなぁ、おまえ。そら、盗っ人の仲間やと思われるわ。」

新左さんがニヤニヤしながら、男のわき腹をひじでつつく。

「平太はん。甚八っつぁんです。かわら版屋をしてはるの。」

甚八さんは数えで二十四。

五作の仲間じゃない、とわかったとたん、こわくなくなった。背の高い甚八さんは、うちのおじいちゃんみたいに姿勢がいい。

おじいちゃん、それに新聞部のみんな――どうしてるかな、と不意に思った。たくさん人のいるところでタイムスリップしたから、大さわぎになってるかもしれない。

どうすることもできなくて、ぼくは甚八さんの家に入った。

甚八さんは、この長屋で隣りあう二軒を借りていて、片方を作業場にしていた。作業場は紙と板きれだらけですごくせまく感じる。寝起きしているほうの家は布団が敷きっぱなし。新左さんとちがって、甚八さんにはお咲さんみたいな人がいないんだなぁ、なんて失礼なことを考えてしまった。

作業場は書道教室のように墨の匂いがする。

「平太。かわら版、どうやってつくるか知ってるか？」

ぼくが首をふると、甚八さんは重ねた板から一枚をぬきとった。ガラカラッとちょっと雪崩が起きそうになった板の山を、慣れた手つきでお篤ちゃんがおさえる。

板には文字や絵が彫られていた。甚八が板の全面にハケで墨をベタッとぬり、紙をおしつけた。その紙をバレンでゴシゴシこする。やり方は図工でやった版画と同じだった。

そっと紙をはがすと現れたのは――ぼくが描いた捕物の絵だ！　余白の部分に、説明の文字がぎっしりならんでいる。

「すごい！」

あの冊子の二枚めは、かわら版だったんだ！

「坊。話はここからや。うちの絵師になってくれへんか。」

「えし……？」

「絵を描くのを仕事にしてる人のこと。」と、お篤ちゃんが刷られたばかりの捕物の絵を指さした。

パッと頭にうかんだのは磯部くんの顔。絵の仕事なんて、ぜったいにダメだ。

「それは……できません。」

「そんなこと言わんと、たのむ、このとおりや！」

甚八さんが頭を下げる。

「こいつ、顔はこんなやけど、ええヤツやねん。俺からもたのむわ。」

新左さんもぼくをおがんで見せた。

「でも、子どものぼくやのぅても……かわら版は、ずっと前からやってたんでしょ？」

「ああ。三年ほどになる。」

「ほんなら、前からおった絵師さんは？」

甚八さんと新左さんがむずかしい顔をして腕を組んだ。言いたくなさそうな二人に代わって、お篤ちゃんが説明してくれる。

「前におった絵師さん——吉右衛門さんっていうんやけど、よそのかわら版屋に引きぬかれはったの。」

「ほんなら、甚八さんもよそから引きぬいたら？」

「ええ絵師は、なかなかおらんのや。」

甚八さんがため息をついた。

「ほかのかわら版屋と取りあいになるしな。でも、坊の絵をお篤と新左から見せられたとき、これやって思たんや。」

甚八さんがうれしそうにぼくの絵を見つめる。

「特徴をよぅとらえてる。たしかにおまえは子どもやし、吉右衛門の技には劣るけど、なんや惹かれるもんがあるんや。」

絵をほめられたぼくは、照れくさくなってうつむいた。

「ねぇ、平太はん。甚八っつぁんを助けたげて。」

お篤ちゃんに必死にうったえられ、甚八さんに「給金はちゃんと出すから。」と言われ、心がゆらぐ。お金があれば、サツマイモが買える！

現代に帰るためには必要なことだから……と、前と同じように自分に言いわけをする。

「ここにおらんときも多いんですけど、それでよかったら……描きます。」

お篤ちゃんがうれしそうに手をたたいた。

「また平太はんが描いた絵、見られるんやね。うれしい！」

そんなふうに言われて、ぼくのほおはカーッと熱くなる。

「さっそくやけど、平太に描いてほしいもんがある。海のむこうの国から、将軍さまがよびよせた象さまの行列が明日、このあたりを通る。それを描いてほしい。」

「ゾウさま？」

「平太、知ってるか？　象さまは鼻が地面につくぐらい長いらしいでぇ。」

あ、やっぱり動物の象のことなんだ。

「うん、見たことある。」

「えええ！」

た。

「どこで！」

新左さんと甚八さんの声が重なる。おかしなことを言ってしまったかな、とぼくはあわてた。

「あ、えっと、その、お役目で。」

ぼくの、オナラに次ぐ二つめの必殺技は「お役目で」だ。お篤ちゃんと新左さんは「ああ。」と納得したようにうなずいたけど、甚八さんだけは「おかしいなぁ。前に象さまが通らはったんはおまえが生まれるよりもっと前のはずやが、はて……？」と考えこんでいる。

「甚八っつぁん。人にはいろいろと訳があるんよ。」

「そうやで。平太に絵師をまかせたいんやったら、変な詮索はせんことやぞ。」

「それもそうやな。とにかく、俺は絵さえ描いてくれたらええんや。たのむで、平太！」

甚八さんはガシッとぼくの両手をにぎった。

その日、オナラは出ず、ぼくは甚八さんのところに泊まらせてもらうことになった。江戸時代にこんなに長い時間いるのは初めてだ。ちゃんと帰れるのか不安になってきた。

お篤ちゃんと新左さんは仕事にもどり、甚八さんも、象さま行列に備えて取材に行くことになった。

「平太はゆっくりしとってくれ。」

「ほんなら、これまで甚八さんが出したかわら版、見てもいいですか？」

「ええよ。でも、行灯の油はないから、見るんやったら明るいうちやで。」

部屋のすみにあった行灯は、おじいちゃんが授業で見せてくれたものとはちがい、ボロボロだった。ホコリもかぶっているから、ほとんど使っていないのだろう。

明かりのない作業場は、昼間でも暗い。ぼくは重ねて置いてあったかわら版を抱えて、土間におりると、戸口のところにあったふみ台に腰かけて一枚ずつ見ていく。

半紙よりもしっかりしている紙は薄茶色ばかりで、真っ白の紙はなかった。下に行くほど、ホコリくさいから、できるだけ顔を紙からはなして読む。

火事、泥棒、けんか、お祭り——字はほとんど読めないけど、絵だけでなんのニュースかわかる。トラの見世物や、ネコの妖怪が出た、なんていうのもあった。

絵はとても細かくてキレイで、片すみに『吉』とサインが入っていた。これが、前の絵師さんかな？

色つきのものもあったけど、ほとんどは墨一色。墨の濃淡で人の表情や火事の勢いや事件のおそろしさがきちんと描かれている。お祭りのかわら版では、お神輿をかついでいる人の、肉がもりあがった腕とか、ふんばっている脚の筋肉がすごい迫力だ。

夢中になって見ていると、「甚八っつぁんからたのまれた。」と、お咲さんが食事を届けてくれた。

竹の皮を開くと、中身はおにぎり一つとメザシ一本、たくあん。これが夕食かぁ。ぜったいに足りないよ……。

お腹は減ってきたけど、暗くなったらかわら版が読めなくなるかも。ぼくは夕飯をあとまわしにした。

日が沈んでしまうと、想像していた以上にあたりは真っ暗になった。街灯がないと、夜ってこんなに暗いんだ……。大きなお月さまがいつも見ている月よりも近く、大きく感じるけど、かわら版を読むのはむずかしくなってきた。

そのとき、小さな提灯が小走りに近づいてきた。

「あれ？　お篤ちゃん！」

「こんばんは。平太はん、そんなとこでなにしてはるん？　甚八っつぁんは？」

「昔のかわら版、見せてもろてた。甚八さんは象さまの情報を集めにいくって出ていったよ。」

「そうなんや……平太はん。お夕飯は？」

「甚八さんがたのんでくれてたみたいで、お咲さんが持ってきてくれた。」

傍に置いていた包みを見せると、お篤ちゃんは「やっぱり……。」とつぶやいた。

「ん？　なにがやっぱり？」

「ううん、なんでもない。このにぎり飯、甚八っつぁんにわたしといてください。小さいけど、ないよりはマシかなと思て。絵師の吉右衛門さんがぬけてからずっと、かわら版もあんまり売れてへんのよ。」

つまり――甚八さんはお金がないのだ。お金がないから、ぼくにだけ夕ご飯を食べさせて、自分は食事をぬくだろう、とお篤ちゃんは考えたのだ。甚八さんが出かけたのも、仕事だけでなく、ぼくに気をつかわせないためだったのかもしれない。

これでは足りない、と不満に思った自分がもうれつに恥ずかしくなる。

お篤ちゃんが懐から小さくたたんだ紙を取りだした。

「平太はん、お食事まだやったら、これ、どうぞ。」

わたされた紙とその下の油紙をそっと開くと、中からサツマイモのツルの煮物が出てきた。

「あ、『尼イモのツルの炊いたん』や。ありがとう！」

お礼を言ったとたん、ククゥと変な音がした。お篤ちゃんが恥ずかしそうにお腹をおさえる。お篤ちゃんは自分の食べる分を甚八さんのために持ってきたのだ。

お咲さんが持ってきてくれた包みを指さして、「一人で食べるんはイヤやから、つきおぅてくれへん？」と言うと、お篤ちゃんはちょっと迷って小さくうなずいた。

遠慮するお篤ちゃんをふみ台にすわらせて、ぼくは地面にすわって竹の皮を開いた。

ぼくは甚平のもののところで手をよくふくと、おにぎりを半分に割った。片方をお篤ちゃんに差しだす。

また遠慮するお篤ちゃんに、「大きいし、ええやん。」と無理やり持たせて、残った半分にかぶりつく。塩だけでしっかりにぎられたおにぎりは冷えていたけど、とてもおいしかった。

お篤ちゃんは半分のおにぎりを持ったまま、こまっている。

「お篤ちゃんが甚八さんにあげて、甚八さんがぼくにくれて、ぼくがお篤ちゃんにあげる。ちょうどええやん。」

「明日、大事なお仕事控えてはんのに、平太はんのご飯をいただくわけには……。」

「お篤ちゃんがお腹空かせてるほうが、気になって絵が描かれへん。せやから食べて。」

やっと、お篤ちゃんが「ほんなら……いただきます。」と、おにぎりを食べはじめた。『尼イモのツルの炊いたん』もメザシも半分こだ。

「お篤ちゃんと甚八さんって仲ええんやね。」

暗がりだけど、お篤ちゃんの顔がポッと赤くなったのが見えた。そんなお篤ちゃんはカワイイけど、ちょっとだけ胸がモヤモヤする。

「仲ええゆうか……新左はんが、頼りになるからって紹介してくれはって。」

「大和屋から逃げだそうって思たときは、相談せぇへんかったん？」

「止められるて思たから。」

「ほんなら結局、頼りにならんやん。」とちょっと意地悪なことを言うと、お篤ちゃんの口がへの字になった。

「迷惑かけたなかったんやもん。それが原因で新左はんと仲違いしはったらこまるし。」

「そうやんね。ごめん。」

素直にあやまると、お篤ちゃんはニッコリ笑った。表情がいろいろ変わるのが見ていて楽しいし、やっぱりカワイイ。

食べ終わると、お篤ちゃんは「ごちそうさまでした。」と頭を下げた。

「象さまの絵、楽しみにしてます。」

戸口のところで見送っていると、お篤ちゃんが曲がり角でふりかえってそっと手をふってくれた。月明かりに照らされたお篤ちゃんは、ぽぉっと光っているように見える。もうちょっといっしょにいたかったな、と思いながら、ぼくも手をふりかえした。

お篤ちゃんが喜んでくれるなら、なんでもしたい。まずは象の絵だ。ぼくは頭を強くふって、磯部くんの泣き顔を頭から追いだした。


ぼくが寝(ね)ている間に家に帰ってきた甚八さんは、翌朝(よくあさ)、象についてわかったことをいろいろ教えてくれた。

象は遠い外国から船でやってきて、長崎(ながさき)から大名行列のようにお伴(とも)を連れて、江戸まで行く。大名行列は通りすぎるまで頭を下げていなければならないけど、象はべつにかまわない。高いところから見下ろしてもいい。

だから、甚八さんは大和屋の二階の部屋を予約してくれた。大和屋の前の道を象が通るのだ。

現代とちがってデジカメがあるわけじゃないし、行列が大和屋の前で止まるかどうかもわからない。しっかりと目に焼きつけ、象が通りすぎたらすぐに下書きを描く。その後で、清書をすることになった。

大和屋の前は象を見物にきた人でいっぱいだった。その人たちをかきわけて大和屋に入る。

「はい、なんぞ御用で？」

「甚八さんのところの絵師です。」

ぼくがそう言うと、番頭さんは「え？　坊が？」と、目を白黒させていた。

案内された二階の部屋は広く、畳もふすまもピカピカで長屋とは大ちがいだ。あちこち見てまわりたいけど、時間がない。ぼくは窓の障子を開けた。

「え？　あれ……？」

庭の桜の木が大きく枝をはりだしていて、視界をさえぎっている。下に集まっている見物人の姿も半分ほど隠れているし、象が通っても見えない可能性が高い。

一階の屋根にのれば、なんとかなりそうだ。ちょっとこわいけど、象が見えなかったら意味がない。

窓わくにいったん腰を下ろし、屋根にそろそろと足をのばしかけたとき、「おいおい、坊！　あぶないで！」と隣の部屋から声をかけられた。

ぼくと同じように窓から顔を出していた人は、「おっと、矢立ての坊やないか。」と笑った。五作とぶつかった後、すわりこんだぼくに声をかけてくれた人だった。

「坊。あぶないから、ちゃんと中ですわりなはれ。」

「でも、木がじゃまで見えなくて……。」

下の道から「もうじきらしいで。」「露はらいの役人がきた。」という声が聞こえてきて、ぼくはあせった。窓わくにつかまって屋根の上に立とうとしたら、「坊、あかんて！」とおじさんが大声をあげた。

「それやったら、こっちゃおいで！　いっしょに見ようやないか。」

その言葉に甘えることにして、一度部屋の中にもどったぼくは、紙を入れた袋を持っておじさんの部屋へ行った。

隣はぼくの部屋より広く、窓ももっと大きい。もちろん、じゃまな枝もない。よかった……。ホッとして、おじさんとならんで窓から顔を出すと、役人が、見物人たちを通りから路地へと追いやっているところだった。

人がいなくなると、役人たちは竹ぼうきで道をはきはじめ、終わるころには石ころひとつ落ちていない状態になっていた。

「なんで、あそこまでするんですか？」

「象さまは将軍さまがご所望の、大事な大事なあずかりもんや。象さまに何かあったら……。」

おじさんは使っていた扇子をパチンと閉じて、自分の首すじをトンッとたたいた。

「打ち首やからなぁ。」

「えええー……。」

ふるえあがるぼくに、おじさんは「ほかにもいくつかお達しが出てるで。」と教えてくれた。

大声でどなったり、手をたたいたり、大きな音を出すのも禁止。これまで通ってきた村では、象が物音におどろいて暴れて大さわぎになったこともあるらしい。

そうならないように、犬や馬を飼っている家はしっかりつないで、象の前に出さないこと。お店の軒先にぶらさがっている看板も、風でゆれたら象がおどろくからと取りはずされていた。

そういう話をしているうちに、役人が汗だくで走ってきた。

「静かに！　シーッ！」

おしゃべりをしていた見物人が静かになる。ぼくたちも口をつぐんだ。

そろそろぼくも準備をしようと、下書き用の紙と矢立ての筆を取りだしたとたん、おじさんが「え！」と声をあげた。下にいた役人がジロリとこちらを見あげる。おじさんは声を出さずに「すんません。」と役人に頭を下げた。

「もしかして……甚八んとこの新しい絵師いうんは……。」

「はい、平太と言います。」

頭を下げると、おじさんは呆然とした後、クックと笑った。

「甚八も破れかぶれになりよったかな？　この吉右衛門に、子どもをぶつけるとはなぁ。」

「え、吉右衛門、さん？」

あの、すごい絵を描いた人！

興奮するぼくとは反対に、吉右衛門さんが「参ったな……。」と頭をかいた。

「坊とワシは、商売がたきやからなぁ。」

ぼくはハッとした。吉右衛門さんはべつのかわら版屋にやとわれた絵師——それなのに、ぼくをわざわざ、象がよく見える場所によんでしまったのだ。

でも、ぼくはここを追いだされるわけにはいかない。

「すみません！」

ぼくは正座をして勢いよく、畳に頭をつけた。そのまま、必死で言う。

「ぼくはどうしても象を描かんとあかんのです！　お願いです、じゃまはしませんから、追いださんといてください！」

もし、象を描けなかったら、甚八さんはこまるし、お篤ちゃんや新左さんはガッカリするだろう。そして、かわら版が売れなければ——お金はもらえないから、ぼくはサツマイモも買えず、現代に帰れない。

吉右衛門さんは何も言わない。畳につけたままの額に、じんわりと汗がにじんできた。

窓の外から、小さなどよめきが起きる。象が見えたのだ。

どうしよう、と泣きそうになったとき、扇子で肩を軽くたたかれた。

顔を上げると、吉右衛門さんが小さく笑って口に人差し指を当てている。

「おまえさんをここに入れたんはないしょやぞ。ワシがうちのかわら版屋に怒られるからな。」

「ありがとうございます！」

ぼくと吉右衛門さんはいそいで窓から顔を出した。

長い鼻をブラブラさせながら、象がゆったりと歩いてくる。山が二つならんだみたいな頭に、灰色の身体。太くて長い毛がところどころに生えている。

象の背なかには長い髪の外国人が乗っていた。明るい緑色の上着に、紅いズボン。縄のついた大きめのくぎぬきみたいなものを持っているから調教師なんだろう。傍を歩く外国人の女性も、同じようなかっこうをしていた。

象が立ちどまると、調教師が「シェ。」と声をかけて歩かせる。英語じゃなさそうだ。どこの国の言葉なんだろう。

「かしこいなぁ。」「あれが鼻かいな？　足と同じ長さやないか。」「口はどこや？」というささやき声が、二階にまで届く。

意外だったのは、前に動物園で見た象より、身体も耳も小さかったことだ。

「子どもの象なんでしょうか？」と吉右衛門さんに聞きかけて、ぼくは言葉をのみこんだ。吉右衛門さんはじっと息をつめて象を見ていた。こわいぐらい、するどい目つきだ。

ぼくもあわてて象に目をもどす。

調教師の外国人が指示を出すたびに象が動き、見物人から静かなざわめきが起きる。調教師は得意そうだったけど、象は疲れているみたいだった。顔をふせ気味に、一歩一歩足元を見て歩いてくる。

象は大和屋の前で立ちどまった。大和屋の塀の上から少し飛びだしている竹の葉が気になるらしい。象が顔を上げた拍子に目が合った。

象の小さな目は濡れていて、まるで泣いてるみたいだった。お父さんやお母さんと引きはなされて、急に知らない国に連れてこられて、ずっと歩かされている。聞こえてくる言葉だってちがうし、まわりにいる人の姿だってちがう。こわいだろうし、しんどいだろうな……。

がんばれ——ぼくは象の目を見つめながら、心の中でつぶやいた。

ゆっくりまばたきした象は、ぼくから目をそらして、長い鼻で竹の葉を器用にむしって口に入れた。見物人がまた小さく歓声をあげる。

調教師が「チャウマウ。」と声をかけて、両足で象の耳のうしろを軽くけった。進めの合図だったのだろう。小さな象はゆっくりゆっくり遠ざかっていった。

象がいなくなると、吉右衛門さんは高級そうな筆を何本も取りだした。そして、一気に描

きはじめる。象の顔やうしろ姿、上から見た姿、人々の顔など、部分的にいくつも描いていく。一部分なのに、しかも、下書きなのにものすごくうまい。見とれていたら、「描いてるとこは見られたない。」と低い声で言われ、あわててお礼を言って部屋を出た。

自分の部屋にもどったぼくも、記憶が新しいうちに下書きを描きはじめる。

さびしそうな目をして、ちょっと疲れている小さな象。象に乗っている調教師は派手な洋服を着て得意そうだ。角や路地にひしめきあっている見物人や、ぼくたちのように二階からながめている人たちは興奮気味で、象を見ておどろいたり、感心したり……。

一気に描いて、ぼくはふぅっと大きな息をついた。見たまま、感じたままを描いたつもりだった。悪くない、とは思う。

でも、これがかわら版にのったところを想像してみると――吉右衛門さんの絵の迫力には全然追いつかない。一晩泊めてもらって、ご飯までごちそうしてくれた甚八さんのために、少しでも評判になる絵を描きたい。

自分の下書きを見つめる。なんとなく暗いなぁ……。象が悲しそうだから？　家にもどれなかったらどうしよう、という自分の不安な気持ちを、海を越えてやってきた象に重ねてしまったのかもしれない。

象と見物人との距離がはなれているのも、さびしく見える。全体を一枚の紙におさめようとすると、どうしてもそうなってしまうのはしかたがないんだけど……。

「……よし。」

ぼくは大きく息を吸うと、清書用の紙にさっきよりも慎重に、絵を描きはじめた。

描きあげた絵を持って、大和屋を出る。象が通りすぎてしまったのに、通りは人でいっぱいだった。まだ興奮がさめていなくて、大きな声で象について話しあう人たちや、下にさげた腕を顔の前でブラブラさせて象のまねをして笑う子どもたちでにぎやかだ。

象の情報はだいぶ前から広がっていたらしく、象グッズがすでに売られていた。象の絵を描いた手ぬぐいや象の人形、象の形をしたお饅頭。象ブームに乗っかろうとする人たちでごったがえす通りを、なんとかぬけようとしているときだった。

「平太はん！」

お篤ちゃんが大和屋の路地から飛びだしてきた。やっぱり興奮しているのか、ほっぺたがほんのり赤い。

「象さま、描けました？」

ぼくが布の袋から、下書きの絵を取りだすと、お篤ちゃんの顔がかがやいた。

「わぁ、すごい！　やっぱり、上手やわぁ。」

「これ、お篤ちゃんにあげる。」

「え？　でも、かわら版にしはるんでしょう？」

「これは下書きやねん。甚八さんにわたす分はちゃんとあるから。」

「うれしい。おおきに。」とお篤ちゃんは受け取った紙を大事そうに抱きしめた。こんなに喜んでくれたのだ。清書の絵はもっと喜んでくれるはず。

おどろかせたいから、清書の絵は見せなかった。

「また後で。」と手をふりあって、ぼくとお篤ちゃんは別れた。


甚八さんの家には新左さんが来ていた。新左さんは夫婦で象さま行列を見にいったのに、いい場所が取れず、結局、人の頭しか見えなかったらしい。

「せやから、平太の絵、楽しみにしてたんや！　早よ、見せて！」

「こら、俺が先やぞ。平太、見せてくれ。」

ぼくが開いて見せた絵に新左さんが「ほほぉ！」と声をあげた。

「平太、前よりもうまなってるやないか！　すごいなぁ。」

えへへ、とぼくは照れた。象さま行列をもっと明るく派手に、と気をつけたから、元気のいい楽しい絵に仕上がった、と思う。

大きな象は笑っているような目と口で元気よく歩き、調教師はふり落とされまいと必死につかまっている。見物人たちはおしあいへしあいしながら、象のすぐ傍にせまっている。お祭りさわぎみたいな絵だ。

「迫力もあるし、こりゃあ売れるで！　なぁ、甚八！」

甚八さんは答えず、むずかしい顔でぼくを見る。なんだか怒ってるみたいだ……。

「平太。俺も見に行ったけどな、象、もっと小さなかったか？」

「それは……象が主役やし、目立ってもええかなと思って。」

「そうや、そうや！　小さかったら、おもんないで、甚八！」

新左さんの言葉を無視して、甚八さんはさらに言う。

「それに象と見物人、実際はもっとはなれてたよな？」

「そのまま描いたら、余白が目立つやん。」

「それはそうかもしれんけどな。」と甚八さんはアゴをかいた。

「こらこら、甚八。おまえ、なにゴチャゴチャ言うてんねん。早よ彫りに出さんと、ほかのかわら版に負けるで。」

そう言われても、甚八さんはしばらく絵を見つめている。やがて――。

「あかん。やっぱり、この絵は使われへん。」

ぼくも新左さんも「え！」と声をあげた。

「かわら版は、新左みたいに象さま行列を見られへんかった人はもちろん、見に行った人かて買う。記念になるし、ほかの人に自慢もできる。そんときに、自分が見たもんとかわら版の絵がちごてたらどうなる？」

「どうって……。」

「かわら版を知り合いに見せたら、象はこんな大きかったんやな、調教師をふり落としそうなぐらい元気やったんやな、こんな近いとこで見たんやな、うらやましいって言われるやろ？　でも、実際はちがう。いや、こんなに大きなかったけどなって答えたら、うちのかわら版は嘘を売ったことになる。そうやで、こんな大きかってんでって答えたら、客に嘘をつかせたことになる。平太、おまえはそれでええんか？」

「それは……ようないけど、でも。」

「そりゃな、この絵みたいに、派手におもしろおかしく描くかわら版のほうが多い。人気もある。せやけど、うちのかわら版の絵やない。うちは見たまんまを描いてもらうようにしてるんや。せやから……これはすごいって言われることを期待してる、自分勝手な絵や。」

静かな口調ながらもピシャリと言われ、すうっと血の気が引く。

甚八さんの言葉で、磯部くんのことを思いだした。特徴をよくつかめている、とほめてもらいたくて大げさに描き、磯部くんを傷つけてしまったことを。

また同じことをやったんだ、ぼくは……。

「ほんなら、平太に描きなおさせるんか？」

「……いや、あの場におったほかの絵師、さがしてくる。」

そう言って、甚八さんは戸口に向かう。

「そらないやろ、甚八！ここまで描けるヤツ、なかなかおらんで！それに平太にきちんと方針を伝えてへんかった、おまえが悪いんやろ！」

「新左さん、ええよ。ぼくが悪いんやから。」とぼくは新左さんの袖を引っぱった。新左さんがぼくをかばって甚八さんを責めれば責めるほど、この場から逃げだしたくなる。

「せやけど！」

「ほんまに……ぼくが、悪いんやから……。」

もう一度言うと、新左さんはむっつりとだまった。

甚八さんが戸口で足を止め、ふりかえる。その顔はひどく苦しそうだった。

「……平太はゆっくり休んどってくれ。あとは俺がなんとかするし、なんとかなる。」

「なんとかする、なんとかなるって、おまえはいっつもそればっかりやな。」

あきれる新左さんに笑いかけ、甚八さんは駆けだしていった。

新左さんは落ちこんでいるぼくを気にしていたけど、お咲さんに「仕事やでー。」とよばれていってしまった。

迷惑をかけたのに、ここに居つづけることなんてできない。ぼくは布の袋を手に、甚八さんの家を出た。


あの祠の近くにはだれもいなかった。ホッとして、大きな木の下にすわりこむ。

江戸時代に来て、ずいぶん時間がたっている気がする。サツマイモもないし、帰れる気がしない。このまま、帰れなかったらどうなっちゃうんだろう。絵師はクビやろうし……。

考えれば考えるほど、こわくてたまらなくなってくる。

ぼくはワラジを脱ぐと、大きな木の傍に寝ころがった。葉の間から、青空が見える。風もふいていてさわやかなのに、気持ちはどんどん沈んでいく。

象の絵を清書したときは、今まででいちばんいい作品だと思った。

磯部くんのことがあったのに、どうしてぼくはあれでいいと思ったんだろう――。ぜんぜん反省してないじゃないか。

ものすごくくやしくてなさけなくて、泣けてくる。

「あ、平太はん、おった！」

お篤ちゃんの声に、ぼくはあわてて飛びおきた。目じりにたまった涙をあわててふく。

「はい、これ、どうぞ。」

お篤ちゃんが持っていたザルに入っていたのは、布で包まれた三本の蒸しイモだった。

「どうしたの、これ。」

「八百屋さんが、うちの村でできたサツマイモを――尼イモを売りにきたときに、ちょうど甚八っつぁんがおってね。買ぅてくれたんよ、平太はんにって。はい、どうぞ。」

ぼくは大きく首をふった。甚八さんの期待していた絵を描けなかったのに、報酬をもらうわけにはいかない。

「ごめん。もらわれへん。」

「なんで?」

「……なんでも。」

かわら版が出たらわかるだろうけど、絵師を下ろされたことは言いたくなかった。しかも、理由が『嘘を描いたから』。お篤ちゃんに軽蔑されるかもしれない。それがこわい。

「あの、平太はん。あの、ね……。」

お篤ちゃんは何か言いかけたけど、ぼくが顔を上げると、「なんでもない。」と目をそらした。

「何があったか知らんけど、これを買ぅてくれたってことは、平太はんががんばったこと、甚八っつぁんはわかってるんやと思う。せやから、食べて。ね?」

隣にすわったお篤ちゃんにザルを差しだされ、思わず受けとってしまう。

「その代わり、お篤ちゃんも食べて。三本は多いもん。」

お篤ちゃんはちょっと考えて、「……ほんなら、いただきます。」と、いちばん小さいイモに手をのばした。

ほんのりあたたかいイモを割ると、薄黄色のホクホクした中身が現れた。一口かじると、前に食べたときよりも甘かった。ゴクンとのみこむと、胃までじわっと温かくなる。

「はあ、おいしい……。」

そういえば、今日は何も食べていなかった。

「うちのおばあさんが言うてたことなんやけどね。人間、身体がしんどいときは食べたらあかん。臓腑を休ませたらなあかんからって。」

お篤ちゃんが胃のあたりに手をやった。

「そうなんや……。」

「でも、心がしんどいときはちゃんと食べなあかんって。ほんなら自然と笑顔になるからって。」

たしかに、さっきよりも気持ちが軽くなっている。尼イモのおいしさだけではなく、お篤ちゃんの笑顔のせいかもしれないけど。

「ほら、平太はん、もっと食べて！」

そうして、ぼくらはイモを三本、食べきった。

「ごちそうさまでした。」

「こちらこそ、ごちそうさまでした。」

二人して手を合わせて、頭を下げる。

「あのね、お篤ちゃん。聞いてほしいことがあるねん。」

おいしいものの力ってすごい。ぼくはお篤ちゃんに自分で説明する気になっていた。

「象さまの絵、あかんかった。」と言うと、お篤ちゃんは目をふせた。それだけで、お篤ちゃんが、絵のことを甚八さんから聞いていたのだとわかってしまった。気持ちがくじけかけたけど、がんばって続ける。

「ぜったいにせんとこって思た失敗、またやってもぅた。やっぱり、ぼくが絵を描いたら人を傷つけたり、迷惑かける。絵師をクビになっても当然や。」

「そんなことない！」

お篤ちゃんの手がぼくの手をぎゅっとにぎった。小さな手が温かくて、涙が出そうになる。

「平太はんの絵はすごいんよ。だって。」と何か言いかけたお篤ちゃんは「えっと、その。」と口ごもった。慰めの言葉が思いうかばないんだろう。

ぼくはお篤ちゃんの手をそっとはずした。

「ええよ、お篤ちゃん。でも、甚八さんには悪いことしてしもた。」

「大丈夫。甚八っつぁんはああ見えて、すごい人やから。いつもなんとかなるって言うて、なんとかなってきた！　吉右衛門さんが引きぬかれたときもなんとかしはってん。せやから、今日も大丈夫！」

ほおを染めながらお篤ちゃんはそんなことを言う。もしかして――もしかして――。

「あの、お篤ちゃんって、甚八さんのこと。」

好きなの？　と聞こうとしたとき、お尻の穴がムズムズしはじめた。きゅうっとお腹が痛くなる。

やばい。オナラ！　オナラが出る……！　何もこんなときに出なくてもいいのに！

「ご、ごめん、お篤ちゃん、またね！」

目を見開いたお篤ちゃんが、光のせいであっという間に見えなくなる。

オナラの音が、お篤ちゃんに聞こえていませんように！

ぼくが考えたのは、それだけだった――。

7 打倒、五年一組！

目を開けると、たくさんの顔に見おろされていた。

「わ！」

飛びおきかけたぼくを、斎藤先生が「急に動いたらあかんよ。」と優しくおさえる。先生の肩ごしにおじいちゃんが「平太。大丈夫か。」と顔をのぞかせた。おじいちゃんがすごく懐かしく思える。ちょっと目を動かすと、心配そうな新聞係のみんなの顔も見えた。

よかった、ちゃんと現代にもどってこられたんだ――。泣きそうになったけど、みんなが見ているから、起きたばかりでまだ眠いフリをして、目にうかんだ涙をふく。

ぼくの額や頭を、おじいちゃんの少しカサついた指がなでた。

「ふむ、鼻の頭をすりむいてるぐらいで頭は打ってへんみたいやな。痛いとこはないか？」

「ない……。」

よし、とうなずいたおじいちゃんにこっそり聞く。

「あの、ぼく、ずっと、おった？　消えたりせんかった？」

「いや、倒れこんでちょっと気を失っただけで。」

言いかけたおじいちゃんは、ぼくをマジマジと見た。

「もしかして……行っとったんか？　今？　あの短い時間に？」

うなずくと、おじいちゃんは「うひょお！」と妙な声をあげた。斎藤先生やクラスメイトたちがめんくらった顔でおじいちゃんを見る。

「あの、何か？」と心配そうな斎藤先生に、おじいちゃんがあわてて首をふる。

「いえいえ、べつに。多分、顔をぶつけただけですから大丈夫やと思います。」

「それならいいんですけど……何か異状があればすぐに病院へ行ってくださいね。」

ぼくは、おじいちゃんと斎藤先生の手を借りて立ちあがった。

「あれ？　緒方くん、靴は？　どっかに飛んでった？」

小山田くんがぼくのはだしに気づいて、机の下を調べようとする。

「あ、多分ここ。」

ぼくは肩にかけたままの袋に手をつっこんだ。江戸時代で脱いだ靴も靴下も中に入っていた。

「なんで、そんなとこに……?」と、小山田くんが首をかしげたとき、「それにしても腹立つよなぁ、一組のヤツら!」と、田上くんが言った。

「田上くん。けんかも暴力もあかんからね。新聞コンテストで決着つけたらええやないの。どっちが勝ったか、すぐわかるでしょ。」

先生の言葉に、みちるが「そうします。」と、大きくうなずいて田上くんを見た。

「田上くん、いっしょに学級新聞つくってくれる?」

「おう。一組を倒すためやったら、なんでもするわ。」

「よし、ぜったいに一位を取ろう!」

打倒一組! バラバラだった二組の新聞係はやっと一つにまとまった。


ぼくが江戸時代で何をしてきたのか、おじいちゃんはすごく聞きたそうだったけど、先に帰ってもらった。放課後、初めて全員参加の編集会議があったからだ。

四つくっつけた机のまん中に置かれているのは、図書室から借りてきた大人が読む新聞。

「一位を取るのって、どういう新聞なんやろうね?」

みちるがぼくたちを見まわした。

「そら、おもろい新聞やろ。マンガとかイラストとかクイズとかがあるほうが、俺は好きやわ。」と田上くん。

「やっぱり、みんなが読んでくれる新聞やと思う！　オシャレな情報を入れたら、女の子は読むよ、ぜったい。オーディションに受かる方法とか美容とか！　男子にモテるコツとか。」と宮原さん。

「お得やったり、役に立つ記事がのってるんが一位とちがう？　成績が上がるコツとか。」と小山田くん。

ぼくも、新聞のマンガを楽しみにしているし、クロスワードパズルも家族でやっている。成績が上がるコツがあるなら、知りたい。でも……。

「そういうのって、一面には来てへんよね。」

ぼくが新聞をめくりながら言うと、みちるもうなずいた。

「そうやね。やっぱり目玉になる記事がいると思う。」

「こういう記事のこと？」と小山田くんが新聞の広告欄を指さした。週刊誌の広告に大きく『スクープ！』の文字がおどっている。

「うん。ほかのクラスがやらへんようなの。事件解決とかは？」

「それ、ええなぁ！」と田上くんが身を乗りだした。

「商店街のシャッターにペンキで落書きするヤツがおんねんけど、犯人まだ捕まってへんねん！　その犯人をさがすんは？」

「そこの道で、お年寄りが自転車と当たって転んだ事故あったよね。あれも犯人捕まってへんはず。」

　ぼくはみんなの話を聞きながら、甚八さんの家で見たかわら版を思いだしていた。火事、泥棒、けんか……そういう事件を描いた吉右衛門さんの絵は迫力はあるけど、あまり楽しくなかった。

　ぼくが好きだった絵は、ネコの妖怪や、見世物のトラを描いたものだった。

　江戸時代妖怪はともかく、トラはめずらしい。象さま行列だって、たくさんの人が集まっていた。かわら版もたくさん売れたはずだ。

　象さま行列のことを思いだして気持ちが沈んでしまった。あの後、甚八さんがいい絵師を見つけられたのか気になったし、尼イモのお礼も言っていない。

「緒方くんは？　取りあげたいニュースある？」

みちるに聞かれて、ぼくは江戸時代に飛んでいた意識をあわてて引きもどした。

「ぼくは……事件とか事故よりも、楽しいニュースのほうが好きやなぁ。」

「楽しいニュース……って?」

「えーっと、たとえば、江戸時代は外国から来た象が、神戸や大阪をずーっと歩いて江戸……東京まで行ったんやって。めったにないことやからニュースになったみたい。」

ぼくの言葉にほかの四人はポカンと口を開けた。突然、江戸時代の話をされたら、それはおどろくだろう。ぼくは恥ずかしくなってうつむいた。

最初に反応したのは宮原さんだった。

「今で言うたら、動物園でパンダが生まれたとか、水族館にジンベエザメが来たっていうニュースみたいなもんやね。」

小山田くんも「お祭りも楽しいニュースに入るよね。」と、口をはさむ。

「お祭りかぁ……。どこの場所に行けばよぅ見えるとか、何時ごろに行ったらええっていう記事も喜ばれるかもしれへんな。」

「近所の公園で、あじさい祭りもやってたと思うよ。」

もりあがりかけたとき、「コンテストにきまりはないいん?」と、疑問を口にしたのは小山田くんだった。

「地元のニュースしかあかん、とか。校区内の話題しかあかんとか。」

みちるがあわてて、コンテストのチラシを取りだす。

「えーっと、場所とかは限定されてへんけど、危険な取材は禁止。小学生ならではの記事を期待する、やって。事件とか事故はやめといたほうがええみたい……。」

「ほんなら、これからどんなイベントがあるか調べよ。ほかに何かきまりある？」

「サイズはＡ３。Ａ３って、駅とかでもらえる無料の新聞ぐらいの大きさやんね。」

そのとき、「どない？　ええアイデア出た？」と斎藤先生が入ってきた。

「はい、地域でやるイベントを取材しようかって言うてて。どんなイベントがどこでやるか、これから手分けして調べます。」

うんうんと、うれしそうに先生がうなずく。

「取材とかって、ほんまの新聞記者みたいでワクワクするわぁ。お父さんがデジカメ持ってるから貸してくれるか聞いてみる。」

「写真のせたら、ほんまもんの新聞みたいになるよな。俺のとこ、古いパソコンあるから使えるか聞いてみるわ。」

「ええー、デジカメとかパソコン使うのぉ？」

不満そうに言ったのは斎藤先生だ。

「え、ダメですか……？」

「ダメやないけど、小学生らしいって書いてあるんやから、手書きの文字やイラストのほうがよくない？」

それはそうかもしれないけど……。

ぼくらは顔を見あわせた。

「イラストとかって無理やんねぇ。」

宮原さんがみちるを見た。みちるが描(か)いたマンガを思いだしているのだろう。かなり、不安そうな顔だ。

「二組には強い味方がおるやん。緒方くん、絵のコンクールで金賞取ったことあるんよ。」

斎藤先生の言葉で、みんなの視線(しせん)がぼくに集まった。

「ええ！　金賞！」

小山田くんが「すごい、すごい。」を連発し、田上くんも「ほんなら写真やなしに、絵やで！」と言う。「金賞取った絵、今度見せて。」と宮原さんは興味津々(きょうみしんしん)だ。

金賞を取った絵のことは思いだしたくなかった。磯部くんを傷つけ、江戸時代でも迷惑をかけたのに。

説明すれば、無理に「描いて。」とは言われないかもしれないけど、言えなかった。ほめてもらいたい、すごいと言われたくてやりすぎたことなんて知られたくない。やっと仲良くなれた新聞係のみんなに嫌われたくない。

「ぼくは……その……。」

「一人におしつけるんは不公平やん。私は緒方くんに描いてもらうんは反対！」

強い口調でみちるが言った。

ハッとしてみちるを見ると、みちるが小さくうなずいた。前に話した、描きたくない理由を覚えていてくれたのだ。

「記事を担当した人が考えることにしようよ。私は……文章力で勝負するから絵は描かへん！」

「みちる……おまえはええかもしれんけどなぁ。」

田上くんが心底、イヤそうな顔をした。

「俺、文章は得意やないし、絵はおまえよりマシやけど、かなり下手やねんぞ。」

「ちょっと田上くん、今、すんごい失礼なこと言うたよね？」

「でもねぇ。たしかにみちるのマンガはちょっと……。」と宮原さんと小山田くんも苦笑している。

「そういうの書くために、アンケートがあるのに。」「いやぁ、正直に書きにくいって。」と和気あいあいの雰囲気にもどったから、ぼくはホッとした。みちるのおかげだ。

結局、取材したいイベントを調べてきて、あさってもう一度話しあうことになった。

「ほんなら、私はこれからピアノやから。」と、宮原さんが真っ先に飛びだしていき、「俺もサッカー。」「ぼく、図書館に行くから。」と、田上くんと小山田くんもさっさと帰ってしまった。

「みちる。さっきはありがとう。絵のこと――。」

下駄箱で靴を出していたみちるに言うと、「だって、不公平なんはほんまやから。」と照れたように笑った。

「それに、緒方くんが出してくれた楽しいニュース、ええアイデアやと思う。」

校舎の正面玄関に差しこむ夕陽が、笑顔のみちるを照らす。どこかで見たことがある感じ、と考えてすぐに思いだした。象の行列の前日、月明かりに照らされたお篤ちゃんだ。

お篤ちゃんに会いたいなぁ、とぼんやりしていたら、「どないしたん?」とみちるが心配そうな顔をした。

「なんでもない。」

ぼくはあわてて靴にはきかえた。

翌日、ぼくは納戸にいた。ぼくの部屋とアコーディオンカーテンで仕切られているお姉ちゃんの部屋に、友だちが遊びにきているからだ。

役所や駅で集めてきたフリーマガジンや新聞をめくって、地元で行われるイベントや催し物を調べていく。さすがに、象さま行列のような派手なものはなくて、一面を飾る記事が書けるのか、心配になってきた。

気分転換をしようと、ぼくは例の冊子を取りだした。

昨日家に帰っておじいちゃんと確認したら、また絵が増えていたのだ。

五作の人相書きと捕物のかわら版の次のページ——何も描かれていなかったページに象さま行列の絵が現れていた。ぼくが派手に描いた、嘘の絵だ。捕物のかわら版と同じように半分に折られていた。

でも、お篤ちゃんにわたした下書きの絵はない。同じ日に描(か)いたのに……。

おじいちゃんはおもしろがっていたけど、どうしてこんなふうに絵が現(あらわ)れるのかは謎(なぞ)のままだ。

わかっていることは、ぼくが江戸時代に行って絵を描くたびに、この冊子(さっし)にも絵が現れるということだけだ。何も描いていないページがある、ということは、ぼくはまた江戸時代に行けるはず。

おじいちゃんによると、象さま行列は享保(きょうほう)十四年。一七二九年だそうだ。お篤ちゃんたちは、今から三百年ぐらい前の大坂(おおさか)でくらしているのだ。

三百年前の大坂に行こうと、ぼくは甚平(じんべえ)や地図、矢立てを入れた布(ぬの)の袋(ふくろ)を抱(かか)えて、冊子に頭をつっこんでみた。でも、何度やっても、江戸時代には行けない。

「やっぱりダメかぁ。」とため息をついて、開いたページにゴツンとおでこをつけた瞬間(しゅんかん)——ページが光り、ぼくはノートの中に引きずりこまれていった。

8 笑顔が見たくて

江戸時代のスタートはいつも、ここだなぁ……。

現代から『落ちてきた』勢いで寝ころがったまま、木を見あげていたら、背なかがじわじわと冷たくなってきて、ぼくはあわてて飛びおきた。今は晴れているけど、少し前に雨が降ったみたいだ。

甚平に着かえてワラジをはき、大和屋へ向かう。お篤ちゃんに象さま行列のかわら版がどうなったか、聞くつもりだった。

裏口の木戸を開けて中をのぞくと、シイタケをザルに広げているお篤ちゃんがいた。声をかけようとしたとき、お篤ちゃんが鼻をすすって手の甲で目元をおさえるのが見えた。

泣いてる！　ぼくがうろたえていると、「お篤。」とお里さんが出てきた。

「辛抱しぃや。番頭はんかて、アンタに里帰りさせてやりたいとは思てはるよ。せやけどな、もうじき天神さんの夏祭りや。休みはやれんのよ。」

「はい……。」

「涙が止まるまで、しばらく休んどり。」

お里さんはぶっきらぼうにそう言うと、中へもどっていった。

「お篤ちゃん。」

そっと声をかけると、お篤ちゃんの涙で濡れた顔がパッと明るくなった。

「平太はん！　いつからおったん？　声かけてくれたらよかったのに。」

お篤ちゃんが涙をふく。

「聞こえてしもてんけど、なんかあったん？」

「ばあちゃんが転んで腕のほねを折ったんやって。新左はんはたいしたことないって言うけど、心配で……。」

「お篤ちゃん。もしかして、また逃げだそうとか思てる？」

お篤ちゃんは、大きく首を横にふった。

「もう、あんなことはせぇへん。お里はんや新左はんにも迷惑かけるから。」

「そうなんや。ほんなら、もうあの木にいろいろ隠す必要ないんやね。」

二人の秘密がなくなってしまったみたいで、ちょっとさびしい。

「ううん、火が出たらこわいから、大事なもんはあそこに隠してる。」

この時代の建物は木造だし、消防車もないから、火事はすごくこわいものなのだ。

「ぼくにできることない？　お金やったら、これを売ったら……。」

矢立てを指さすと、お篤ちゃんは大きく首を横にふった。

「それは、平太はんの大事な商売道具やないの。あきません。」

象さま行列のこともあったから、江戸時代でももう絵は描かないつもりだった。でも、ぼくの絵が好きだと言ってくれたお篤ちゃんが悲しむと思ったら、それは言えなかった。

「おーい、お篤。お篤、おるか？　ちょっと来てくれ。」

「あ、番頭はんや。はーい、ただいま！　平太はん、気にせんといてね。ほんなら。」

お篤ちゃんは小さく手をふり、中へ駆けこんでいった。


お篤ちゃんに甚八さんの様子は聞けなかったから、自分で見にいくしかない。重い足取りで長屋に向かおうとしていたら、「絵師の坊！」と、よびかけられた。ふりかえると、吉右衛門さんがいそぎ足でこちらへ向かってくる。

「吉右衛門さん！　象さま行列のときにはありがとうございました。」

「うん、それはまぁ、ええとして。話がある。そこ、入ろか。」

吉右衛門さんは茶店を指さした。店先では長椅子に腰をかけて、きなこをまぶしたお餅を食べている人がいる。おいしそう……。

「なんや、イモもちが好きか？」

「食べたことないんですけど、おいしそうやなと思って。」

「あれは最近評判の、餅米にサツマイモをまぜたものや。」

サツマイモ！　もう少しくわしく話を聞きたかったけど、吉右衛門さんはさっさと中へ入っていった。あわてて後を追う。

江戸時代で、大和屋以外のお店に入るのは初めてだ。狭い店内には、小豆を煮る甘い匂いや醤油のいい香りがしていて、よだれが出そうになる。

吉右衛門さんは「イモもちもええけど、ここは団子がうまい。」と言って、串にささった団子を注文してくれた。

「おまえさん、次はなに描くんや？　押し込みか？　火事か？　殺しか？」

「いえ、描きません。聞いてませんか？　ぼく、甚八さんにあかん、て言われたんです。象さま行列のときに、きちんと描かへんかったから……。」

「どういうことや。」

吉右衛門さんがこわい顔になったから、ぼくは正直に話した。

象を見た目よりも派手に大きく、しかも、楽しそうに見えるように描いたこと。調教師の動きも大げさにしたこと。観客も象のすぐ傍で楽しんでいるように描いてしまったこと
――。

吉右衛門さんは首をかしげた。

「事情はわかったが、ワシが見たかわら版の絵とはちがうな……。」

「それはそうですよ。甚八さんはほかの絵師をさがすって言うてたから。」

吉右衛門さんが懐から折りたたまれた紙を出す。

「これは象さま行列のときの、うちのかわら版や。」

「うわぁ……！」

ぼくが描いた二枚の絵とは大ちがいだ。まん中に調教師を乗せた象だけが描かれていた。

堂々とした象が、とても細かく描きこまれている。皮膚のさわり心地まで想像できそうだ。

「すごいなぁ。」と、ため息をつくと、吉右衛門は苦笑した。

「甚八はこういう絵は気に入らんかったみたいや。ワシは描きたいもんばっかり描くクセがあってな。言い争いになって、やめたんや。」

「お金がもっともらえるとこに引きぬかれたんやと思てました……。」

「描きたいように描かせてくれるところに移っただけや。あいつが欲しかったんは、こういう絵が描ける絵師や。」

吉右衛門は、もう一枚、かわら版を取りだした。

開かれた紙を見て、ぼくは「え！」と声をあげた。象が小さくてさびしげな目をしている絵――ぼくの下書きだ。

「おまえさんの絵やろ？　前の、捕物の絵と同じで、名前が入ってる。」

絵の左すみには『平』という文字が書きこまれていた。記事本文とはちがって小さいけど、ていねいな字だ。もちろん、ぼくが書いたものじゃない。

そのとき、団子が運ばれてきた。焼き色のついた小さな団子が五つ、串にささっていて、その上にトロリとした餡がかかっている。甘じょっぱい匂いにツバを飲みこむと、「遠慮せんと、食べ。」と笑われた。

一つめの団子にかぶりつく。やわらかくてほんのり温かい。

「おいひぃ〜！」とさけぶぼくを、吉右衛門さんが目を細めて見つめる。

「ワシの息子もここの団子が好きでな。坊と同し、とろけそうな顔で食べとった。」

「息子さんってぼくと同じぐらいの年なんですか？」

「いや、坊よりだいぶ上やな。生きとったら二十五や。」

「生きとったら……？」

聞いちゃいけなかったのかも。ぼくが目をふせると、吉右衛門さんはふっと笑って、お茶をひと口飲んだ。

「生きてるか死んでるか、わからん。立派な絵師にしようと思て、きびしぃしたんがあかんかったんやな。もう絵なんか描きたない、言うて飛びだして……それきりや。」

吉右衛門さんは、ぼくが肩からかけている矢立てを指さした。

「その矢立てな。息子のやねん。」

「ええ！　返します！」

「返さんでええ。」

矢立てをはずそうとするぼくの手を、吉右衛門さんがおさえた。

「あいつに言うたんや。絵師を辞めても、おまえにほかの仕事はでけへんぞって。それぐらい……ワシも息子も毎日絵のことしか考えてへんかった。絵を描くことしかでけへん人間やからな。」

それはすごくわかる。プロといっしょにしてはいけないけど、ぼくも転校するまではなんでも絵に描いていた。好きな人や景色、カワイイ動物、キレイな花、うれしい気持ちや悲しい気持ち。

だから、磯部くんのことがあって、絵を描くことがこわくなって……描かなくなったら、何にも興味がなくなった。毎日がおもしろくなくなった。新聞係になるまでクラスでういていたのも、新しい学校やクラスメイトに興味を持てなかったからだ。

「ワシはなぁ、おまえさんが息子の矢立てを持ってるのを見て、ホッとした。あいつがその矢立てを手放したっていうことは、絵を描かんでもええ、ほかの仕事を見つけられたっちゅうことや。」

「お金にこまって売っただけかも……。」

小さい声でぼくが言うと、吉右衛門さんはふっと笑った。

「そうかもしれん。でもな、絵のことしか教えんかったワシを見返すために、あいつはほかの仕事についてしっかりがんばってる。そう思うことにしたんや。せやから、同じように父親のもとを飛びだした甚八の力になってやりたかったんやけどなぁ。」

同じように飛びだした？　甚八さんが？

「なんや、聞いてへんのか？　有名な話やで。」

吉右衛門さんによると、甚八さんのお父さんはお医者さんで、あとつぎの甚八さんは「俺はやりたいことがある。医者にはならん。」と飛びだしたそうだ。

「甚八の親父さんはどうかしらんが、ワシは息子にあとをつがせようとしたことも、きびしいしたことも後悔してへん。そのときにいちばんええと思たことをやっただけやからな。」

そう言いながら、吉右衛門さんは団子を食べた。

すごいなぁ、と思う。磯部くんを描いたとき、象を派手に描いたとき……そのときはいいと思って描いたけど、今ではすごく後悔している。

ぼくも大人になったら、この人みたいになれるのかな……そんなことを考えながら、ぼくも団子を食べた。


「ごちそうさまでした。」

店から出て頭を下げると、吉右衛門さんが「土産や。」と、包みを差しだした。

「さっき、おまえさんが気にしとったイモもち。つきおぅてもろた礼や。」

「ありがとうございます。あの……息子さんの矢立て、ほんまに返さんでもいいんですか？」

「もちろんや。使てくれるモンが持ってたほうが、矢立てかて喜ぶやろ。特に、あんな絵を描ける坊に使てもろたら、ワシもうれしい。」

ニコニコ笑う吉右衛門さんに、「もう絵は描かないんです、だから、使わないと思います。」とは言えなかった。

長屋へ行くと、新左さんは仕事で留守。甚八さんは作業場にいた。

「平太！　見たか、かわら版。ええ出来やったよなぁ。」

言いながら、傍にあった紙の束から象さま行列のかわら版を出してくる。

「使わしてもろたで、こっちの絵。こっちのほうがはるかにええ。評判もよかったで！」

絵師をさがしまわっていた甚八さんは、一息つこうと立ちよった大和屋で、お篤ちゃんに『清書』の絵を見せたらしい。

「うまいが、うちのかわら版にはのせられへん。」となげいたら、お篤ちゃんが「さっき、平太はんが新しい絵を届けてくれはりましたよ。甚八さんが近くに来たらわたしてくれって。」と、懐からこの絵を出してきた――。

お篤ちゃんが機転を利かせてくれたのだ。それを知っていたら、さっき会ったときにお礼を言えたのに！

お礼も言えず、おばあさんを心配しているお篤ちゃんに何もしてあげられなかった。

「おおきにな、平太。助かったわ。短い時間でこんなええ絵を描いてくれて。」

もともとは下書きだから、あまりほめられるとこまる。

「さっき、吉右衛門さんの絵も見せてもらいました。あれとくらべたら、ぼくのは下手やし、迫力もないし。」

「迫力なんか競いおうてもしゃあない。それより、これや。この目。この顔。」

甚八さんが絵の象をそっとなでる。

「象かてえらい長い距離を歩いてきたんや。そら疲れる。しかも、海のむこうの遠い遠い国から来たんやで。――坊、字は読めるか。」

首をふると、甚八さんは絵の横に書かれた文章を簡単に説明してくれた。

象がどれほどの距離を歩いてきたか。川や海をわたるのに、どれほどの苦労をしたのか。これからどれほどの距離を歩くのか。お伴をしている人たちや調教師たちの苦労。毎日食べる物や水の量――。

「こういう裏側は行列の派手さを見ただけでは、なかなか伝わってけぇへんからな。うちはほかのかわら版とはちがうって評判や。またたのむで。」

もう描きません、とは言いだしづらくて、ぼくは代わりにちがうことを聞いた。

「あのぅ……吉右衛門さんから聞いたんですけど、なんで医者にならんかったんですか。」

「え！　それは……その……。」

甚八さんは口ごもり、赤くなった。ぼくが答えを待っているのを見てしぶしぶ、話しだす。

「目の下に傷があるやろ。これな、おまえぐらいの年のころ、治療用の刃物で遊んどって切ってしもたんや。血ぃがよぅけ出て死ぬ、思た……それ以来、血がこわいんや！　それだけ！」

真っ赤になってそっぽを向いた甚八さんは子どもみたいだ。思わず笑ってしまった。

「笑うなや。ほんまに、おまえといい、お篤といい……。」

「お篤ちゃんにも言うたんですか。」

「言うたよ、初めに会ぅたときに傷がこわい、言うて逃げるから。言うんやなかったわ。それ以来、十(とお)もちがう俺(おれ)のこと、子(こ)どもあつかいしよる。」

「ぼくも、お篤ちゃんと初めて会(お)ぅたとき、すごく年下あつかいされました。」

二人で「たまらんよなぁ。」と笑っていたら、新左さんがやってきた。

「おお、平太！　見たで、かわら版(ばん)！　最初の絵もええけど、二枚(まい)めがやっぱりええなぁ。」

新左さんは、ずかずか入ってくると、甚八さんとぼくの傍(そば)にすわった。額(ひたい)にうかんだ汗(あせ)を手ぬぐいでふく。

「いそがしそうやな、新左。」

「ああ。明日の夕方、ちょっと遠出してくるわ。お篤の村も通るから、いっしょに連れてってやりたいんやけど、大和屋はんの許(ゆる)しが出んからしゃあないわなぁ。」

「昨日会(お)ぅたとき、元気なかったからな。」

「しまったなぁ。」と新左さんはため息をついた。

「じいさんとばあさんには、お篤が心配するからだまっとってくれって言われたんやけど、つい口がすべって……。」

「じいさん、ばあさんの元気な顔見るまでは、本人も気になるやろうしな。俺(おれ)らにはどうすることもでけへん。」

じいさん、ばあさんの元気な顔を見るまでは——甚八さんの言葉にハッとした。お篤ちゃんに「大事な商売道具やないの。あきません。」と言われ、吉右衛門さんに「坊に使てもろたら、ワシもうれしい。」と言われた矢立てをにぎる。

「あの、新左さん、甚八さん。たのみがあるんですけど。」

ぼくは正座をすると、新左さんと甚八さんの顔を見つめた。


夕方、もう一度大和屋へ行くと、お篤ちゃんが「ほんまにしっかりしなはれ！」とお里さんにしかられているところだった。しょんぼりしたお篤ちゃんが前かけをにぎりしめている。ぼんやりしていて煮物を焦がしてしまったらしい。

お里さんはぼくに気づくと、お篤ちゃんの背なかをおした。

「アンタ、ちょっと坊と気晴らししといで！」

「でも、煮物をつくりなおさんと。」

「また焦がすに決まってるやろ！」

お里さんは強い口調で言い、ぼくを見た。

「坊。お篤をたのむわな。」

ぼくは大きくうなずいた。

大和屋を出たぼくとお篤ちゃんは、最初に出会った場所へやってきた。木陰にならんですわる。

「平太はん、なんの御用やったんですか？」

「うん、これをわたしたくて。」

ぼくは袋から出した四つ折りの紙をわたした。不思議そうな顔でお篤ちゃんが紙を開く。

「あ……！」

お篤ちゃんの目が大きく見開かれた。

それはぼくが描いたお篤ちゃんのおじいさん、おばあさんの似顔絵だった。骨折した左手を布でつっているおばあさんに、よりそうおじいさん。二人ともニコニコ笑っている。

「新左さんに聞きながら描いてん。会うたことないから、似てへんかもしれへん。」

輪郭や目の感じや鼻の形を人に聞きながら描くなんて初めてで――しかも、墨だから消すこともできない。甚八さんが「何枚使てもええから。」と貴重な紙をたくさん出してくれたから、描けたのだ。

お篤ちゃんに元気を出してほしい、というみんなの気持ちがつまった絵だった。でも、家族であるお篤ちゃんの目にどう映るのかはわからない。

「ううん。似てる。すごく似てる……。」

お篤ちゃんが、絵から目をはなさずにつぶやく。ぼくはホッとした。

「新左さんがおじいさんとおばあさんの顔立ち、くわしく教えてくれてたおかげや。近くまで行ったら、必ずお篤ちゃんの家によるんやって。ほんで、お篤ちゃんの様子を話してあげたら、こんなふうにニコニコ聞いてはるんやって。」

お篤ちゃんは大きな目で絵を見つめつづけている。

「この前も、お篤ちゃんの話が何よりの薬になるって、おばあさんが言うてたらしいよ。」

そう言ったとたん、お篤ちゃんの目から涙がポロリとこぼれおちた。

「お、お篤ちゃん……！」

ぼくはあわてて袋から紺色のハンカチを取りだした。

お篤ちゃんは「おおきに。」と小さな声で礼を言って、ハンカチに顔をうずめた。

喜ばせたかっただけで、泣かせたかったわけじゃないのに――なさけない気持ちで、ハンカチに顔をうずめたままのお篤ちゃんを見つめる。

やがて、お篤ちゃんが顔を上げ、大きく息を吐いた。

「お篤ちゃん……大丈夫？」

「うん……。長いこと会ぅてへんのに怪我したって聞いて……お父はんやお母はんみたいに二度と会えんようになったらどないしょうって……こわぁてこわぁて。でも。」

お篤ちゃんは似顔絵の紙をそっと抱きしめた。

「新左はんの言うとおり、手以外は元気そうでよかった……おおきに、平太はん。」

目が涙で濡れていても、すごく幸せそうでぼくまでうれしくなる。

「新左はんは大丈夫って言うてくれたけど、私を安心させるための嘘やないかって疑ぅてたの。ほんまはもっとひどいんやないかって。でも、平太はんの絵は嘘やないから。」

そう言って、お篤ちゃんはうれしそうにもう一度、絵を見つめた。嘘、と聞いてぼくは大事なことを思いだした。

「そうや！　甚八さんのかわら版、お篤ちゃんにあげたほうの絵になってたけど。」

お篤ちゃんは申しわけなさそうに肩をすぼめた。

「ほんまはあの絵とちがうかったんでしょ？　勝手なことしてしもてごめんなさい……ないしょにしてたんも……ごめんなさい。」

「もしかして、前に言いにくそうにしてたのって……。」

「平太はんがせっかくくれた絵を、甚八っつぁんにわたしたって言いづらかってん。でも、くやしかったから。」

「くやしいって……？」

「甚八っつぁん、平太はんの絵ではあかんって言いはるんやもん。腹立って……この絵でもあかんって言うん？　って絵を見せたら、甚八っつぁん、これや！　って大声出して喜んで。」

そのときのことを思いだしたのか、お篤ちゃんはフフフと笑った。

「『平』っていう字、入れてくれたんはお篤ちゃん？」

お篤ちゃんがコクリとうなずいた。

「早よ、絵を彫り師にわたさなあかんかったから、捕物のときも象さま行列のときも代わりに書かせてもろてん。平太はんが描いた絵やって、みんなに知らせたかったから。」

「ありがとう。字、キレイやった。」とほめたとき、膝の上に置いていたイモもちの包みが落ちそうになった。

「あ、そうや。これ、吉右衛門さんにもろてん。いっしょに食べよ。」

イモもちは三つ入っていた。きなこがまぶされたイモもちをのんびり食べる。イモもちはやわらかくて、ほんのり甘くておいしかった。

先に食べおわったお篤ちゃんがもう一度、似顔絵を開いた。しばらく絵に見入っていたお篤ちゃんは、ぼくが二つめを食べおわるのを待って、思いきったように言う。

「平太はん……私の絵、描いてくれへんやろか？　じいちゃんとばあちゃんに元気でやってるって知らせたい。」

ぼくは迷った。磯部くんのことや象さま行列のことがあったから、すぐに「ええよ。」とは言えなかった。答えないぼくに、お篤ちゃんの顔がくもる。

「あかん、やろか？」

お篤ちゃんはそんな顔よりも、さっきみたいに幸せそうに笑っている顔のほうがいい――。

「ううん、描くよ。描かせて。」

「ほんま？」

ぱぁっとお篤ちゃんの顔が明るくなって、すぐに沈む。

「あ、でも紙があれへん。」

「紙やったらあるよ。」

ぼくは袋の中から紙を取りだした。甚八さんからもらってきた紙がまだ二枚ある。お篤ちゃんにおじいさんたちの絵を見せて「似ていない。」と言われた場合に描きなおすためだった。

矢立てから筆を出す。元気だと伝えるなら、横顔ではなく正面の顔だ。ぼくの指示で、お篤ちゃんが恥ずかしそうに木の下にすわりなおした。

あとは描くだけ――それなのに、ぼくはなかなか描きはじめることができなかった。もうだれも傷つけたくない。また失敗したら……と思うとこわい。でも、お篤ちゃんにもおじいさん、おばあさんにも喜んでもらいたい。いろんな気持ちがグチャグチャとまじる。

描きはじめるのをじっと待ってくれているお篤ちゃんのために、ぼくは頭の中を整理しようとした。

象さま行列のときに清書として甚八さんにわたした絵と、磯部くんを傷つけた金賞の絵。どちらも描いたときに、ほかの人にほめてもらいたいと思っていた。描いた絵がどう思われるか、そんなことばかりを想像して描いていた。

でも、かわら版に使われた象の絵は、見て感じたことをそのまま素直に描いた。おじいさん、おばあさんの似顔絵は、元気だとお篤ちゃんに伝えるためだけに描いた。

大丈夫、とぼくは自分に言い聞かせる。お篤ちゃんの気持ちが絵に伝わることだけを考えて描けば、きっと大丈夫。だれも傷つけたり、しない――。

ぼくは大きく深呼吸をすると、紙に筆先をそっと置いた。


描きはじめてしばらくして、お篤ちゃんが「平太はん。話してもええ?」と小さな声で聞いてきた。

「頭を大きく動かさんかったらええよ。」

「あのね、隠密いうんは嘘、でしょう?」

「え!」

思わず手を止めてお篤ちゃんを見る。

「どこに住んでるかもわからんし、お金も持ってへん。知らん言葉も言いはるし、着物も持ち物も見たことないもんばっかりやし。」

お篤ちゃんの手は膝の上に置いたままの、紺のハンカチをさわる。

「ほんで考えたんやけど……平太はんってお稲荷さんの狐さんとちがう?」

「お稲荷さんの狐……。」

お篤ちゃんが目だけを祠に向けた。祠のまわりには狐の置物がたくさんならんでいる。

「狐が人間に、ぼくに化けてるってこと？　ちがうよ、ちがう！　それだけはぜったいちがうから！」

「そうなん……？」

お篤ちゃんはまだ疑っているようだ。

「ぼくは……前も言うたけど、未来から来たんよ。」

未来、という言葉が理解できないお篤ちゃんに伝わる言葉を一生懸命さがす。

「未来は村の名前やなくてね——明日、はわかる？　明日のお篤ちゃんが、一日前の今日にやってきたって考えて。」

「え？　ほんなら、今日の平太はんはどこにおるん？」

「今日のぼくは……まだ生まれてへん。ぼくは、明日よりもっともっと、ずーっと先から来てん。三百年ぐらい先。」

「三百年……。」

お篤ちゃんが、理解できないと頭をふりかけたから、ぼくは「あ、動いたらあかん。」と声をかけた。お篤ちゃんが姿勢をもどしてつぶやく。

「そんな先のことなんて考えられへんけど……平太はんのくらしてるミライにも大和屋はある？　この辺でいちばんの宿やからずーっと先にも残ってるでしょ？」

「大和屋は……ない、と思う。」

お篤ちゃんがすごく悲しそうな顔をしたから、ぼくはあわててつけくわえた。

「あ、でも、大きなホテルはある！」

「ほてる？」

「そう。宿屋さんみたいなもん。ぼくの住んでるところではホテル——宿はものすごく高い建物やねん。」

「高いって、この木やあっちの木よりも？」

腰を下ろしている木や、宝物を隠している木をお篤ちゃんが目で示す。

「もっともっと高いよ。それに馬や牛が道を歩いたりはしてへんし、お篤ちゃんの村まで——電車っていう乗り物で十五分ぐらい。」

「じゅうごふん？」

「十五分は……さっき、イモもちを一つ食べるのにかかった時間の倍くらい。」と言うと、お篤ちゃんがあんぐりと口を開けた。

「すごい……。」

もっとおどろかせたくて、ぼくは筆を動かしながら話をする。

「電車だけやないよ。お金はかかるけど、海のむこうの国にも飛行機っていう空飛ぶ乗りもんで行ける。遠いところ、たとえば江戸に住んでる人と話したいときにすぐ話せる機械かてある。水は……井戸やなしに、手をかざしたらジャーって水が出てくる水道もある。」

「あかん……。」とお篤ちゃんがつぶやいた。

「空を飛ぶ乗りもん？　江戸におる人とすぐに話せる？　手をかざしたら水がジャーって出てくる？　信じられへんわぁ。平太はん、嘘ついてはるわけやない、よねぇ？」

想像がつかないらしい。ぼくだってどういう仕組みかは知らないから、うまく説明できない。

「そうや！　今度、なんか持ってくる。ぼくが住んでる未来には、こういう筆やなしに、もっと小さくて軽い道具がようけあるねん。」

「楽しみにしてる。」とお篤ちゃんがほほえんだ。

似顔絵が仕上がった。未来の話をしながら描いたせいか、絵の中のお篤ちゃんは楽しそうで、今にも話しだしそうだ。

「わぁ、恥ずかしいけど、うれしい！」

「ほんなら、名前書いて。いつもみたいに。」

「ええ？　平太はん本人が書いてぇな。」

「ほかの絵と字がちがうんも変でしょ？」

「そう、やね。ほんなら。」

お篤ちゃんはぼくがわたした筆で、『平』の字を書いてくれた。

新左さんに届けてもらうため、お篤ちゃんは絵をていねいにたたんで懐に入れる。

「せやけど、そんな先にはいろんなもんが変わったり、のぅなったりするんやねぇ。」

「変わらんもんもあるよ。えーっと、あ、そうや、串団子！　吉右衛門さんにごちそうしてもろたけど、甘辛い串の団子はあるよ、未来にも。こういうお地蔵さんかて、あちこちにあるし、神社もある。あ！　天神さんの夏祭りもあるよ！」

へえ、と安心と興味が入りまじったような顔をするお篤ちゃんに、「これもある。」とぼくは残った紙に、ささっと尼イモの絵を描いた。

「あ、尼イモ！」

「うん、尼イモも残ってる。せやから、安心して。」

時を知らせる鐘が聞こえてきた。

「あ、もうこんな時間……じいちゃんとばあちゃんの絵、木の穴に入れとくね。」

お篤ちゃんは立ちあがると、宝物を隠している木に近づいていった。

ところが、いつも足場にしていた枝がポッキリ折れていた。お篤ちゃんが背のびしても、穴に指先が届くのがやっとだ。

「どないしょう……もろたワラジも、今まで描いてもろた絵もぜんぶ置いてあるのに。」

「ぼくがやってみる。」

お篤ちゃんにいいトコロを見せたかった。

「ほんなら、お願いします。」と似顔絵を差しだしたお篤ちゃんに、ぼくは首をふる。

「ココには入れんほうがええと思う。ぼくがおらんかったら取られへんっていうのもこまるやん。」

「そうか。そうですよね。番頭はんにお願いして、小さい茶箱、もらいます。茶箱やったら、火事になっても焼けへんらしいから。」

ぼくは木によじ登った。木登りなんて、生まれて初めてだ。苦労して枝をつかみ、木の穴に手が届くところまで身体を引きあげる。穴の中から風呂敷包みを引っぱりだしたとき、結び目がほどけて冊子が見えた。ぼくが持っている冊子より新しくて薄いけど、同じものだ。

「お篤ちゃん、これ……。」と木の上から見せると、お篤ちゃんが「あ、それ……！」と急にうろたえた。

「お里はんに教えてもろた字ぃ書いてんの。恥ずかしいから見たらあかん！」

ちょっと怒った顔で言われて、ぼくはあわてて風呂敷にもどした。

なんとか結びなおした風呂敷包みを、お篤ちゃんが広げた腕の中に落とす。

「おおきに！」と笑顔のお篤ちゃんにうなずき、木から降りようとしたとき、ソレはきた。

きゅーっとお尻の穴がすぼまる。

オナラや！　オナラが出る！　とあわてたら、木につかまっていた手がはずれた。

「平太はん！」

「ごめん、お篤ちゃん、またね！」とさけぶのがせいいっぱいだった。地面に激突する直前、ブッとオナラが出て、ぼくは光に包まれた――。

9 百年後の未来へ

現代にもどったぼくは、お篤ちゃんに見せるために、いろいろなものを布の袋に入れていった。三色ボールペン、小さい懐中電灯、ペットボトルのお茶、お気に入りのマンガに新聞、チョコレート――お篤ちゃんがおどろき、喜びそうなものはいくらでも思いつく。もともと入れていた甚平やワラジ、地図や矢立ても必要だから、袋はずっしりと重くなってしまった。

いつでも江戸時代に行けるように、家でも袋を持ち歩いていたら、お母さんやお姉ちゃんに「じゃまやないの?」「非常用袋なら部屋に置いといたら?」と言われたけど、かまわなかった。

そんなふうに準備はバッチリなのに、あれ以来、江戸時代に行けない。おじいちゃんがいろいろ試しても、ダメだった。

あの冊子には、象さま行列のかわら版と、お篤ちゃんのおじいさんとおばあさんの似顔絵、お篤ちゃんの似顔絵、そして、尼イモの絵が一気に増えていた。

「今までの話を考えるとやな。」とおじいちゃんが、冊子をめくる。

「この冊子が、タイムスリップの『入り口』や。その証拠に、ここやない、学校でもタイムスリップできたやろ？　ほんで、着くんはいつも同じ木の前。お篤ちゃんが木に隠しとった冊子が『出口』っちゅうわけやな。」

「……なんで、行かれへんねやろ？」

「そのうち、行けるやろう。これまでそうやったんやから。せやけど、おまえが江戸時代に行くたびに絵が増える、言うんはおもろいな。次はどんな絵を描いてくるんやろな。」

磯部くんのことをわすれたわけじゃないけど、それはぼくも楽しみだった。

おじいちゃんの冊子をめくる手が、お篤ちゃんの似顔絵で止まる。

「何べん見ても、ええ絵やなぁ。こっちまで笑顔になる、ええ絵や。」

お篤ちゃんのおじいさんとおばあさんもそう思ってくれるといいな。

「お篤ちゃんか、お篤……。」

おじいちゃんが宙を見ながらつぶやく。

「どうしたの？」

なんでもない、と首をふった後、おじいちゃんは似顔絵に目をもどした。左上に細い筆で文字が書いてあり、ぼくがお篤ちゃんにわたしたときにはなかったものだ。絵に書いてくれた『平』という文字とはちがい、流れるような筆文字だった。

「なんて書いてあんの？」

「えーっと、平太はんが篤のために書いてくれた、と書いてあるな。筆の運びからすると、お篤ちゃんも相当練習したんやろう。」

今度行ったときは、この冊子も見せなきゃ。早くお篤ちゃんに会いたいなぁ——キレイな筆文字を見ながら、ぼくはそんなふうに思った。


それなのに、何日たっても江戸時代に行けない。江戸時代に行く方法ばかり考えていたら、放課後、倉田みちるにしかられてしまった。

「ちょっと、緒方くん！　ちゃんと聞いてる？」

新聞係の編集会議中だった。ぼくはあわてて、「ごめん。」と頭を下げる。

地元では今、ちょうどいいイベントがなく、一面を飾る記事がまだ決まっていなかった。

「別の記事も考えたほうがいいかもしれへんね。」

小山田（おやまだ）くんの言葉に、みんなが「うーん。」となる。

「一組は、地元の七不思議をやるんやって。」

休み時間に偵察（ていさつ）してきた宮原（みやはら）さんが言う。

「へぇ！　それもおもしろそう……。」

「七不思議ってどんなんあるんやろ。」

「こわい話とか不思議な話、みんな好きやもんね。」

七不思議かぁ。江戸時代に行くのも、かなり不思議だよな。

江戸時代の体験を記事にすることも考えたけど、おじいちゃん以外、だれも信じてくれないことを学級新聞にするのはむずかしそうだ。

そのとき、お篤ちゃんの似顔絵（にがおえ）を描（か）いていたときにしていた話を思いだした。

ぼくが住んでいる現代（げんだい）のことを聞いて、お篤ちゃんはおどろいていたし、理解（りかい）もできないようだった。ぼくだって、江戸時代は知らないことだらけだった。

お篤ちゃんにとっては井戸（いど）で水をくむことは当たり前で、ぼくにとっては水道から水が出るのは当たり前。よその村まで何時間も、何日も歩いていくのはお篤ちゃんには当たり前だけど、ぼくにとって、遠いところへ電車やバスに乗って移動するのは当たり前——。

三百年でたくさんの『当たり前』が変わった。もし、今から三百年先の未来からだれかがやってきたら、ぼくらの社会はすごく遅れているように感じるかもしれない。ぼくたちが書いている文字だって、読むことができないかもしれない。

今、ぼくらが『当たり前』と思っていることは、これからもどんどん変わっていくんだ。

「三百年先の未来がどうなっているか予想する新聞ってどうかな……？」

マンガやドラマのストーリーを考えているんじゃないんだから、と怒られるかと思ったけど、みんな真剣に考えはじめた。

「だれにも正解はわからへんから、予想したことがはずれても、文句は来ぇへんよね。」と言ったのは小山田くんだ。

「三百年先には宇宙旅行がふつうになってるで、ぜったい！」と興奮気味に言うのは田上くん。

「月とか火星にも簡単に行けたりして。俺、火星に行ってみたいなぁ！」

「この前、緒方くんのおじいちゃんが教えてくれたんって、江戸時代の生活でしょう？　洋服を着るんが当たり前になったし、明かりもちがう。これから三百年先なんて、家とか学校とかも変わってるよね、きっと。」

田上くんと宮原さんも楽しそうに話しはじめる。みちるは、と見ると、腕組みをして天井をにらんでいる。そんなふざけたことを記事にはできないと思っているのかな、と不安になった。みんなも編集長――みちるの反応を待っている。

みちるがゆっくりと顔をもどした。

「今から三百年後には、江戸時代にもどってるかもしれへんよね。」

意外な言葉に、ぼくらは「ええ、まさか！」と声をあげた。

「だって、このままやったら資源もなくなるかもしれへんのでしょう？　そしたら、その前にだれかがストップをかけて、不便でも自然を残すほうを選ぶかもしれへん。」

みちるの言葉には説得力があった。

「ぼくらだけでも、こんなにちがう予想が出るんやから、いろんな人に聞いたら、いろんな意見が出てくるんとちがうかな。ぼく――いろんな人の三百年先の予想、聞いてみたい。」

話しあった結果、三百年はさすがに遠すぎる、ということで百年先の未来新聞をつくることになった。

新聞の下のスペースは広告欄にして、商店街の人たちに『百年後に出ていそうな新商品』

を予想してもらう。

クラスメイトや先生、家族、知り合いに取材して、百年後の社会やくらしを予想してもらい、その中で一面にする記事を決める。たとえば……「火星への移住開始！」とか。もちろん、医療が発達して、取材した全員が百年後も生きていると仮定して。

そんなふうに記事の内容が固まりかけたとき、みちるがつぶやいた。

「遊びすぎって怒られへんかな……おもしろい企画やけど、結局は事実やないことを新聞にするわけでしょう？　それって新聞とちがうような気がしてきた……。」

田上くんたちも、それを聞いて急に不安そうになった。

「大丈夫や。」

ぼくはきっぱり言い切った。頭にうかんでいるのは、三百年先の未来を知って、とまどっているお篤ちゃんの顔――。

「予想する未来って、『今』がベースやん。たとえば、百年後こうなるかもって考えることって、すごく興味があることやったり、不便を感じてたり、問題やったりすることとちがう？」

小山田くんが大きくうなずいた。

「そっか。ほんなら、逆に『今』が見えてくることになるよね！」

でも、と宮原さんが首をひねりながら言う。

「人間の想像力ってすごいやん。マンガとか小説ってゼロからつくるでしょ。『今』が見えてくるって言いきってええんやろか？」

その後もさんざん話しあい、未来新聞は「今いちばん気になっていることはどんなことか。」「それが百年後の世界ではどうなっていると思うか？」という質問にしぼることになった。

「これなら、社会派っぽいよね。」

みちるは満足そうだった。

「なぁ、写真はどないする？　百年後の写真なんて、無理やろ？　インタビューした人の顔ばっかりのせんの？」

本当だ。ぼくらは顔を見あわせた。

「でも、文字ばっかりの記事は不利よね？」

「うん。パッと見、興味ひかへんかったら損やん。」

「ぼくらの目的は、一位やもんね。」

「あのぅ……予想してもらった未来を絵にするんはどう？」

宮原さんの意見に、田上くんも小山田くんもみちるも「だから、絵に自信がないって。」と猛反対した。

「俺やみちるの絵では、なんのこっちゃわからんって言うてるやんか。」

「上手な人が描いてくれんねやったら、大丈夫やろうけど……。」

小山田くんの『上手な人』という言葉で、みんなの目がぼくに集まる。

「緒方！　たのむわ、絵、描いて？」

田上くんが必死でうったえかけてくる。本当のことを言うと、描いてみたかった。たくさんの人の予想を聞いて、その予想を目に見える「絵」という形にしたかった。でも。

「あの……ちょっとだけ、待ってくれる？」

理由も聞かずに、「ええよ。」とみちるが言ってくれた。

「緒方くんが描いてくれるんがええけど、描かれへんってなっても気にせんといて。そういうのも考えて作業進めよ！」

「ありがとう。」

ぼくは四人に大きく頭を下げた。

帰ってすぐ、ぼくは引き出しから便箋と封筒を取りだした。磯部くんに出そうと思って、しまいこんでいた、書きかけのものだ。

みちるたちに「待って。」と言ったのは、磯部くんと仲直りがしたかったから。

磯部くんの絵を描いているときに考えていたこと、江戸時代に行ったこと、そこで絵をいくつか描いたこと、江戸時代でも失敗したことを書いていく。新聞係になったことも、お篤ちゃんの喜ぶ顔を見て、絵をまた描きたいと思っていることも、百年後の未来予想のことも。

夜遅くまでかかって書いた長い手紙を、ぼくは翌朝、郵便ポストに入れた。最後に『また友だちにもどりたい。』と書いたけど、返事がくるかはわからない。手紙を読んでもらえない可能性だってある。

コンテストに出せる学級新聞は九月発行のものまでだ。あまりのんびりはできないけど、会いに行く勇気までは出せなかった。

絵は保留のまま、みちるの提案でぼくらは記入カードをつくった。日付と答えた人の名前、「その人が今、気になっていること」「百年後の未来予想」が書けるようになっている。

大きく取りあげたい未来予想については、全員でもう一度くわしく話を聞きにいく――。商店街に知り合いがいる宮原さんには、「未来の広告」に協力してもらえそうなお店に声をかけてもらうことになった。


手紙を出して三日後の夕方のことだ。電話が鳴ってお母さんが出た。

「平太。堺の磯部くんよ。」

ぼくは電話の子機といつもの布の袋を持って、納戸に走った。あの場所でなら、落ち着いて話せると思ったのだ。

「も、もしもし？」

荒い息で保留ボタンを解除すると、磯部くんの「あの、ひさしぶり。」という小さな声が聞こえた。

「……ひさしぶり。」と答えながら、ぼくはぎゅっと冊子をにぎりしめた。

「手紙、ありがとう。あの……ほんまに江戸時代に行ったん？」

「うん。五回めがなかなか行かれへんねんけど。」

「ええなぁ、すごいなぁ。」

「信じて、くれんの？」

「うん。だって、緒方くん、嘘（うそ）つかへんもん。ぼくを描（か）いた絵かて——ちょっと大げさやったけど、嘘やなかった。」

「でも、あの絵で磯部くんにイヤな思いさせたやん？」

「ほんまのこと言うと、あの絵が金賞になったって聞いたとき、めちゃくちゃうれしかってん。」

「え、ほんまに？」

「うん……でも、みんなにからかわれて……緒方くんもぼくのこと笑いものにするためにあんなふうに描いたんかなって思ったら悲しくなって。」

「ちがう。それはちがうよ！」

「うん。手紙読んで、わかった……ぼくのほうこそ、あのときずっと無視（むし）してごめん。」

少しの沈黙（ちんもく）の後、磯部くんは言った。

「それでね、未来新聞ができたら送ってほしいねん。おもしろそうやから読んでみたい……緒方くんの絵も、また見たい。」

「ぜったいに送る！　ううん、堺までわたしにいく！」

新聞ができたらまた知らせる約束をして、ぼくは電話を切った。

ぼくは、冊子をじっと見つめた。

「ありがとう。」

お篤ちゃんと会えたから、また絵を描けるようになった。磯部くんと仲直りをすることができたんだ——。


夕食のとき、家族に未来予想を聞いてみた。

お父さんは「歯の治療をこわがって、歯科医にかからない人がいるのが気になること」だから、百年後には「まったく痛みを感じさせない治療方法が開発される」。

お母さんは「最近うっかりわすれることが多くて気になる」から、百年後には「自分と記憶の海みたいなものが見えない糸でつながっていて、必要なときに必要な情報が頭の中に通知される」。

お姉ちゃんは「友だちで親が離婚した子がいる」から、百年後には「一度結ばれたら二度と切れない赤い糸が発売される」。

おじいちゃんは「若い子が歩かんのが気になる」から、百年後は「人間は退化して、カプセルの中で寝たまま一生をすごす」と予想して、ぼくやお姉ちゃんをこわがらせた。そんな未来はぜったいにイヤだ。

でも、家族の未来予想はおもしろかったし、その予想に対して、「お父さん、痛みがなかったら安心して虫歯が増えそうやない？」「お母さん、覚えようとせんかったら脳が退化するで。」「お姉ちゃん、それ、好きでもない人に無理やり糸を結ばれたときの対処法がないとキツイんとちがうの？」と、いろいろな意見や感想が出るのもおもしろい。

「ご飯冷めるし、片づけ遅なるから、この話はまた今度ね。」

お母さんがそう言うほどもりあがった。

「せやけど、おもろい企画やなぁ。たくさんの『当たり前』が時代によって変わる、か。」

「ほんまやな。これから先どうなるんか、考えたらワクワクするような、こわいような、やな。あんまり便利になるんもこわいわなぁ。」

お父さんとおじいちゃんの言葉でお篤ちゃんの顔を思いだす。大和屋がなくなる、ということが信じられない様子だった。ぼくが今、目にしているものや景色も大きく変わったり、なくなったりする日がくるのだろうか。それはちょっとさびしい気がした。

夕食の後、ぼくはおじいちゃんといっしょに納戸に行った。

「おじいちゃん。この前、お篤ちゃんが書いた文章読んでくれたやん。ほかのページに何か書いてへん？」

「ほかのページなぁ。捕物と象さま行列はかわら版やからなぁ。」

おじいちゃんとならんで冊子をながめていて、ぼくはあることに気がついた。

「ねぇ……変やない？　泥棒の人相書きは、お篤ちゃんが新左さんからもろたんやと思う。捕物と象さま行列は、甚八さんからもろたもん。おじいさんとおばあさんと尼イモの絵は、ぼくがお篤ちゃんにあげたものやん。」

「それがどないした？」

「この、お篤ちゃんの似顔絵は、新左さんにたのんでおじいさんとおばあさんに届けてもろたはずやねん。なんで、お篤ちゃんが持ってるんやろ？」

「そりゃ……おじいさんとおばあさんが亡くなった後で、お篤ちゃんがほかの絵といっしょに綴じたんやろう。」

亡くなった後——という言葉に心がざわつく。

「で、でも。おじいさんとおばあさん、元気そうやって新左さんが。」

「夕飯のときに、おまえが言うてたやろ。たくさんの『当たり前』が変わっていくって。いろんなもんが変わっていくんは、時間、いうもんがあるからや。平太が行ったころの江戸時代には、お篤ちゃんのおじいさんとおばあさんが生きてるんが当たり前でも、時間が進んだら当たり前やなくなる。おじいさんとおばあさんも……お篤ちゃんも……今の時代にはおらん人なんやで。」

　おらん人——その言葉で胸がキュウッと締めつけられた。三百年もたてば、子どもだったお篤ちゃんだってこの世にはいない。そんなこと、わかってる。

　でも、ぼくは会って話をして、いっしょに尼イモやおにぎり、イモもちを食べたのだ。だから、「もう、この世にいない人」なんて思いたくなかった。

「お。尼イモのページにもなんか書いてあるぞ。」

「……なんて？」

「尼イモは生まれ故郷の特産品。平太はんもおいしいと言ってくれた——ひさしぶりに手に入った尼イモを食べながら、平太はんのことをなつかしく思う、やて。」

　そんなに時間がたってないのになつかしいなんて、とぼくはちょっと不満だった。

「この文章、大人が書いたみたいな字と内容なんが気になるなぁ。」

おじいちゃんの言葉にもう一度よく見てみると、最初のほうに書いたぎこちない文字や、絵に書いてくれた『平』の文字とはちがう、流れるような筆文字だ。

本当にお篤ちゃんが書いたのかな……？

「ん？　続きがあるぞ。前はこんなんあれへんかったよなぁ。」

おじいちゃんが開いたページを見て、ぼくは息をのんだ。尼イモの次のページから後は、何も書かれていなかったはず。それなのに、今はびっしりと筆文字で埋（う）まっている。その次のページも、そのまた次のページも……。

イヤな予感がする。おじいちゃんも険（けわ）しい顔でページをめくっていく。ページは最後まで文字で埋まっていた。

「ちょ、ちょっと貸（か）して、おじいちゃん！」

何度確認（かくにん）しても、白紙のページはない――。

ぼくは床（ゆか）にすわりこんだ。

江戸時代に行くときは必ず、白紙のページが光っていた。江戸時代から帰ってくると、ぼくが描（か）いた絵が白紙のページに現（あらわ）れてきた。白紙のページがないということは、ぼくはもう江戸時代には行けない、ということだ。

「もう、お篤ちゃんと会われへんの……？」

あの日が最後だったんだ。二人でイモもちを食べた日が。ぼくが描いたおじいさんとおばあさんの絵をお篤ちゃんがうれしそうに抱きしめてくれ、未来の話をした日が。

もっと笑顔が見たかったのに。もっといろいろ話したかったのに。お篤ちゃんはもう、この世にいない。もう、会えない。

あの日が最後だって知ってたら、ちゃんと、「ありがとう。」と「さよなら。」を言いたかったのに。

歯を食いしばっても、泣き声がもれる。ボロボロと涙を流すぼくの背なかを、おじいちゃんが優しくなでてくれた。


ぼくが絵を担当することが決まって、未来新聞は予定より遅れながらも進みはじめた。予定よりも遅れているのは、たくさんの人が書いてくれた未来予想のカードを整理するのに手間取っているからだ。

商店街の人たちにお願いしたら、そこに来るお客さんたちも協力してくれた。みちるの塾仲間、田上くんのサッカーチームの子たちや対戦相手、宮原さんと同じピアノ教室に通う生徒さんたち、小山田くんのお母さんの友だちや丹羽歯科医院の患者さん、その家族へと広がり、あまりの量に、みちるがあわててストップをかけたほどだった。

おかげで老若男女、いろんな人の未来予想が集まった。同じ未来予想がゼロだった、というのもすごい。

「生活とか家庭とか社会とか……まずは大きく分けてみようか。」

カードを整理するため、ぼくらは夏休みに入ってからも毎日集まった。

「年齢分布や男女比の統計は、緒方くん以外のメンバーでやろう。」

みちるが役割分担を指示していると、教室のドアが開いた。入ってきたのは、一組の佐藤蓮だ。みちるの顔がこわばる。

「何しに来てん。」と身がまえる田上くんに、「敵情視察。」と言う。これだけカードを広げていては、隠しようがない。みちるが肩をすくめて「勝手にしたら。」と言いはなつと、蓮は遠慮なしに入ってきた。

敵情視察と言いながら、蓮は床に広げられたカードには目もくれず、まっすぐみちるのところへ行く。そして、「特別授業のときはごめん。」と頭を下げた。おどろいてみちるが立ちあがる。

「夏休みの自由研究で、父さんの仕事について調べてんねんけど。父さんがミスしたときは、みちるのお父さんが助けてくれたんやって聞いて……せやから、あやまれとか言うてごめん。」

「蓮……。」

「あ、でも、学級新聞コンクールの勝負は別やからな！　二組にだけは負けへん！　敵情視察、終わり！」

それだけ言うと、蓮は足早にドアへ向かう。

ドアが閉まる寸前、みちるが「蓮！　あやまりに来てくれて、ありがとう！」と声をかけた。

「こっちも負けへんからね！」

蓮はふりかえらなかったけど、小さく手をあげた。

「よし、引き続き、打倒一組な！」

腕をつきあげる田上くんをまねて、ぼくたちが腕を上げる。みちるも。こわばっていた表情は消えていた。

昔、みちると蓮は仲が良かった、と聞いたのはその日の帰り道だ。

「社宅できょうだいみたいに育ってんけど、クラスちがうのにおまえら仲ええなぁってからかわれてから、あんまり話さんようになってね。ほんで、お父さんのことがあったでしょ。おたがい無視したり嫌味言うたり……そういうんがずっと続くん、ほんまはキツかってん。いつかはわからんけど、前みたいに話せる日が来たらええなぁ。」

　みちるの話を聞きながら、ぼくはおじいちゃんの『いろんなもんが変わっていくんは、時間いうもんがあるからや。』という言葉を思いだしていた。

　ぼくの、江戸時代やお篤ちゃんに対する気持ちも少しずつ変わってきていた。

二度と江戸時代には行けない、と気づいて泣いて以来、ぼくはあの冊子を開いていない。お篤ちゃんともう会えないということを考えたくなかったからだ。

でも、最近は知りたい気持ちが強くなってきた。お篤ちゃんがどんな大人になったのか。幸せになれたのか。未来から来たぼくのことをどう思ったのか――。

帰宅すると、ぼくは納戸へ向かった。納戸は、お母さんとお姉ちゃんがうるさく言ったおかげで、やっと床から物がなくなった。

「お篤ちゃんの日記に何が書いてあったか、教えてくれへん？」

そうお願いすると、おじいちゃんはちょっとおどろいたような顔をした。お篤ちゃんの冊子を「江戸時代の庶民のくらしがわかる貴重な史料や。」とおじいちゃんはうれしそうに読んでいたけど、ぼくはお篤ちゃんのことを思いだすのがつらくて、内容をいっさい聞いていなかったのだ。

おじいちゃんは、棚から出した冊子を広げた。

「お篤ちゃんは大和屋で奉公を勤めあげた後、口入れ屋の新左の紹介で醤油屋さんに移った。こっちも大きな店やな。ここで四年働いて……かわら版屋の甚八という男と結婚した。」

「え？　えええ！　お篤ちゃんと甚八さんが？」

「お篤ちゃんの初恋の人、らしいで。」

そういえば、象さま行列の前日、お篤ちゃんは甚八さんにおにぎりを持ってきた。自分はお腹が空いてもいいから、甚八さんに少しでも食べてほしい。そう思うぐらい、甚八さんのことが好きだったのだ。

「はああああ。そっかぁ……。」

ショックだし、くやしい。でも、お篤ちゃんの初恋がうまくいったんならいい、と思うことにする。それに甚八さんはすごく、かっこよくて、まじめな人だったし。

「お篤ちゃんは三男三女に恵まれ……つまり、六人の子を産んで、子どもらに読み書きそろばんを教えた。もちろん近所の子どもらにもな。」

お里さんに教わったことが役に立ったんだ！

「長男は、甚八の親父さん……つまり、おじいさんのあとをついで医者になった。」

「へえ、そうなんや！」

血がこわくて医者になりたくなかった、と話した甚八さんの恥ずかしそうな顔や、息子が絵師をついでくれずにさびしそうだった吉右衛門さんの顔を思いだす。

「一つ、おもろいことがあるぞ。三人の息子の名前には全部、『平』、の字が使われてる。一平、二平、三平。そうしたい、言うたんはお篤ちゃんや。なんでやと思う？」

おじいちゃんが意味ありげにぼくを見る。

「もしかして、ぼくの名前？　な、なんで……？　なんで、そんなこと……。」

「三百年たっても使われてる字やから、やて。おそらく、おまえのことが頭にあったんやろう。お篤ちゃんは、子どもらにも男の子が生まれたら、平の字を使うように言うてたらしい。――ここまで聞いて、ピンとこんか？」

ぼくが首をかしげる。

おじいちゃんは立ち上がると、棚から巻物を持ってきた。広げられた巻物には人の名前がたくさん書かれて、たてや横の線で結ばれている。

「何年か前に作った家系図や。平太に見せるんは初めてやな。」

おじいちゃんの丹羽平助という名前の下に、お母さんの名前があって、お父さんの緒方零次とつながっている。その下にはお姉ちゃんとぼくの名前。

おじいちゃんの指が「平太」からゆっくりと上に進んでいく。おじいちゃんも、ひいじいちゃんも、ひいひいじいちゃんも、男の名前にはすべて「平」の文字が使われている。そういえば、ぼくの名前をつけたのはおじいちゃんだ、と聞いたことがあった。

やがて、おじいちゃんの指が止まった。一平、二平、三平とならんでいる。

「え……。」

ぼくは身を乗り出した。その上にあるのは――篤と甚八。

「え……ええ？　ほんなら……ほんならお篤ちゃんと甚八さんって……。」

「ワシらのご先祖さまやな。どっかで聞いたことがあるなぁと思てたんや。お篤も甚八も。」

ぼくはあんぐりと口を開けた。

「おまえが江戸時代に行かんかったら、お篤ちゃんは『平』の字を息子につけんかったかもしれへんな。ワシやおまえの名前には『平』という字がつかんかったかもしれへん。」

「そう、やね……。……そうかぁ……ご先祖さまやったんや。」

江戸時代に行けないことはすごくつらい。お篤ちゃんの顔を思いだすのだってつらい。でも、こうしてつながっているんだ、とわかると身体の奥からじわっと温かいものがわいてくる。

ぼくはお篤ちゃんの似顔絵のページをもう一度開き、『平』の字をじっと見つめた。

「おじいちゃん。ぼく、人を傷つけるんがこわなって絵描くのやめててんけど、また絵、描くことにしてん。……やっぱり描くんがいちばん好きやし、ぼくの絵で人が喜んでくれたらすごくうれしい。お篤ちゃんはそれに気づかせるために、ぼくを江戸時代によんでくれたんかもしれへんね。」

「そうやな。今、やりたいこと、やれることを一生懸命やってたら……自然と未来に続いていく。お篤ちゃんや甚八や新左もそうやって生きてきたはずや。」

あの時代が『今』に続いている。『今』は未来に続いている。

描きたい、と思った。お篤ちゃんや新左さんや甚八さんや吉右衛門さん……そして、今まわりにいる人や、これから出会う人たちを。

「平太！　倉田さんって子から電話よ！」

お母さんの声に、ぼくは立ちあがった。

「新聞係の連絡網やわ。」

「まずは、未来新聞の絵師をしっかり務めるこっちゃな。」

うん、と大きくうなずき、ぼくは納戸から飛びだしていった。


（終わり）

監修／高島幸次（大阪大学招聘教授、大阪天満宮文化研究員）
参考文献／『おれふぁんと―にっぽん左衛門少年記』（那須田淳）講談社
／『象の旅　長崎から江戸へ』（石坂昌三）新潮社
＊大坂→江戸時代の読みかたとして「おおざか」「おざか」などさまざまな説がありますが、この作品では「おおさか」を使っています。

谷口雅美・たにぐちまさみ

1969年生まれ。兵庫県尼崎市在住。神戸女学院大学文学部卒業後、SE、販売、事務、介護福祉士を経て、2008年より執筆活動を開始。「99のなみだ」「最後の一日」「99のありがとう」シリーズや『大空では毎日、奇蹟が起きている。』などの短編小説集に参加。第44回創作ラジオドラマ大賞佳作入選。NHKラジオ『FMシアター』にて受賞作「父が還る日」が放送される。2011年よりFM尼崎『8時だヨ！神さま仏さま』のアシスタントを務める。2017年『大坂オナラ草紙』で講談社児童文学新人賞佳作入選。

大坂(おおさか)オナラ草紙(ぞうし)

2018年6月5日　第1刷発行

著者――――――谷口雅美(たにぐちまさみ)
発行者――――――渡瀬昌彦
発行所――――――株式会社講談社
〒112-8001
東京都文京区音羽2-12-21
電話　編集　03-5395-3535
　　　販売　03-5395-3625
　　　業務　03-5395-3615
印刷所――――――慶昌堂印刷株式会社
製本所――――――株式会社若林製本工場
本文データ制作――講談社デジタル製作

N.D.C. 913　224p　20cm　ISBN978-4-06-221079-9